KARINE LAMBERT

# Die Pension der gebrochenen Herzen

KARINE LAMBERT

# Die Pension der gebrochenen Herzen

ROMAN

Aus dem Französischen
von Pauline Kurbasik

DIANA

Von Karine Lambert sind im Diana Verlag erschienen:
*Das Haus ohne Männer*
*Und jetzt lass uns tanzen*
*Eines Tages in der Provence*
*Der unsichtbare Garten*
*Die Pension der gebrochenen Herzen*



FSC
www.fsc.org
MIX
Papier aus verantwortungsvollen Quellen
FSC® C014889

Penguin Random House Verlagsgruppe FSC® N001967


Die Originalausgabe erschien 2020 unter dem Titel
*Les hommes aussi ont la chair de poule*
bei Storylab Éditions, Paris.

in der Penguin Random House Verlagsgruppe GmbH,
Neumarkter Straße 28, 81673 München
Redaktion: Uta Rupprecht
Umschlaggestaltung: t.mutzenbach design, München
Umschlagmotiv: © Shutterstock.com (Birsen Cebeci;
Amitofo; James Daniels; whiteisthecolor; whiteisthecolor;
Ellegant; Nowik Sylwia; popicon; NadzeyaShanchuk;
VikiVector; Norbert9; Gwoeii; Kamila Bay; red rose)
Satz: Leingärtner, Nabburg
Druck und Bindung: Pustet, Regensburg
Printed in Germany

ISBN 978-3-453-29248-2

www.diana-verlag.de
Dieses Buch ist auch als E-Book lieferbar.

*Für die Riesen des Papiers*

Seit Monaten lernen sie das Tanzen auf dem Seil.
Die Selbstbeherrschung nicht verlieren und
trotzdem loslassen, Seiltänzer für einen Abend.

Claudie Gallay: *Die Liebe ist eine Insel*

# 1

Louise balanciert auf einem Hocker und hält eine Drahtrolle in der Hand. Zum dritten Mal versucht sie, das Schild mit der Aufschrift *Hier bald Gästezimmer* am Schultor zu befestigen. Auf Zehenspitzen probiert sie es noch einmal, schrammt sich auf, stürzt fast vom Hocker, lässt das Schild fallen. Dann marschiert sie über den Hof und baut sich vor ihrem Mann auf.

»Ich mach das nicht mehr mit.«

»Was machst du nicht mehr mit?«

»Das ist ein Albtraum!«

»Was redest du da?«

»Diese Baustelle verschlingt dich mit Haut und Haaren. Du hörst mir nicht mehr zu, siehst mich nicht mehr, fasst mich nicht mehr an!«

Madame Gillou, die Nachbarin, öffnet das Fenster. Ob wohl die ganze Straße seine Frau schreien hört?, fragt sich Max, den Wuschelkopf voller Farbspritzer. Er macht eine beruhigende Geste. Louise ist jetzt völlig außer sich, außer Reichweite, selbst für ihn; sie schiebt ihn weg.

»Und wozu das Ganze?«, ruft sie. »Damit wir Fremdenführer spielen dürfen, den wunderbaren Butte-aux-Cailles anpreisen, Fahrpläne von Touristenbooten und Öffnungszeiten des Père Lachaise verteilen, die Restaurierung von Notre-Dame in allen Einzelheiten erklären? Und was noch? Die Bettwäsche von fremden Leuten waschen, uns ihre Urlaubsgeschichten anhören, uns gegenseitig die Einträge im Gästebuch vorlesen? Lächeln, lächeln und zur Abwechslung noch mal – lächeln. Sieben Tage die Woche, sechzehn Stunden am Tag. Keine Minute für sich, für uns. Und das noch nicht mal draußen, in der Sonne!«

»Louise, warte …«

»Glaubst du wirklich, ich klebe auch noch Etiketten auf die Marmelade? Ich ersticke! Mir steht dieses Leben bis hier! Es kotzt mich jetzt schon an!«

Louise versetzt dem randvollen Eimer einen Tritt und marschiert davon, ohne sich noch einmal umzublicken.

»Wo willst du hin?«

Wie versteinert hält Max die Maurerkelle in der Hand und starrt ihr hinterher. »Mir steht dieses Leben bis hier?« Was denn genau? Er? Das gemeinsame Projekt? An einer Säule des heruntergekommenen Schulhofs lässt er sich zu Boden gleiten, sein langer Körper sackt zusammen, der Blick der hellen Augen ist starr auf die Gipsspritzer am Boden gerichtet.

Deprimierend weiß.

Anrufen ist sinnlos, sie würde ohnehin nicht rangehen. Er wird hier duschen. Früh nach Hause gehen und mit ihr reden. Dann sieht sie, dass er den Kopf frei hat, sich ihr ganz widmen kann.

Es soll alles perfekt sein.

Wie ihr erster Kuss.

Sie waren zehn Jahre alt.

Er war ein noch kindlich pummeliger Junge, der häufig ein Tütchen Weingummis in der Hosentasche herumtrug. Oft brachte er Leckereien und nette Kleinigkeiten mit, um ihr eine Freude zu machen.

Sie war die Kleine mit dem lauten Lachen, den niedlichen Grübchen und den faszinierenden Sommersprossen. Ihr weißes Kleid erinnerte ihn an Puderzucker, luftige Baisers und Schlagsahne. Ein berauschendes Weiß.

So eine junge Liebe kann einen schon aus der Bahn werfen.

Wäre er nicht so ein Leckermäulchen gewesen, dann hätte er vielleicht nicht diesen unwiderstehlichen Drang gehabt, sie auf dem Schulhof zu küssen.

Wenn sie am Tag des Puppentheaters stattdessen ein rotes Kleid angehabt hätte, wäre seine Zukunft anders verlaufen. Feuerrot. Paprika. Chili. Flammen. Feueralarm …

Er hatte nur Augen für ihren Zopf, der im Takt ihrer wechselnden Launen hin und her schwankte. Er zog daran, sie drehte sich zu ihm um, und er drückte ihr seine Lippen auf den Mund. Louises Lippen schmeckten nach Fruchtbonbons. Lange verharrten sie reglos und mit geschlossenen Augen. Er schwankte, als säße er auf einem Holzpferd in Monsieur Marcels Karussell an der Place du Trocadéro.

Alle um sie herum riefen: »Verliebt, verlobt, verheiratet!« Er fühlte sich unbesiegbar, ungeahnte Glücksgefühle durchströmten ihn. Er gab ihr noch einen zweiten Kuss. An jenem Nachmittag wurde Louise für ihn diejenige, welche.

Bis er Louise begegnete, hatten Umzüge Max' Leben bestimmt. Er wurde von einem Haus ins andere, von einer Schule in die andere verfrachtet, von Ägypten in den Libanon, mit einem Zwischenstopp in der Türkei. Er war besessen von ihrem Blick, ihren Augen, ihren Spielen, ihrer Präsenz, und hatte doch Angst, sie zu verlieren, wenn sein Vater wieder aus Paris wegversetzt wurde. Obwohl sie ihm einen wichtigen Platz in ihrem Herzen einräumte, obwohl er gern in eine Schule ging, wo der Unterricht in seiner Muttersprache stattfand, holte ihn das Heimweh nach früheren Spielkameraden, dem Nachbarshund, den Dialekten des Landes, in dem sie zuletzt gewohnt hatten, manchmal ein.

Auch mit zwanzig war er noch verrückt nach ihr. Er konnte nicht genug bekommen von ihren Sommersprossen, von ihrem Lächeln, ihrem ungestümen Wesen, davon, wie sie aus Filmen zitierte und sämtliche Figuren so überzeugend nachspielte. Sie war immer lustig, unersättlich, der Alltag mit ihr machte Spaß.

Mit dreißig schnitten sie die Hochzeitstorte an, weiß wie das Brautkleid. Alles war glatt, alles war übersichtlich. Bis hin zu diesen Wänden, die er mit Gips verputzte.

Ein vollkommenes Weiß.

Schon seit den Weingummis war sie mit Überraschungen am leichtesten zu verführen. Eine Erbschaft hatte ihm den Kauf ihrer »alten Schule« ermöglicht, die schon so lange leer stand. Dieser erinnerungsträchtige Ort gehörte nun für immer ihnen. Er hoffte, Louise auf diese Weise die

Unbeschwertheit aus der Zeit ihres Kennenlernens zurückzugeben, die Leidenschaft der ersten Jahre ihrer Liebe. Er hatte es sogar geschafft, die Glyzinie zu retten, die sich an der Fassade entlangrankte.

Die Idee, die Schule zu einer Pension umzubauen, war ihnen damals gleichzeitig gekommen. Voller Begeisterung hatte sich Louise Namen für die Zimmer ausgedacht: *Bescherelle, Carambar, Mademoiselle Bergamotte, Caran d'Ache* und *Petit Écolier*. Und jetzt wirft sie ihm vor, dass er seine ganze freie Zeit der Schule widmet. Anfangs war die Renovierung ihr gemeinsames Projekt gewesen. Dieses Abenteuer sollte ihnen die Familie ersetzen, die sie nicht gründen konnten. Für Louise kam eine Adoption nicht infrage. Sie wollte ein eigenes Kind, das eigene Fleisch und Blut, oder gar keins. Er war da nicht so radikal, akzeptierte jedoch ihre Entscheidung, weil er sie so sehr liebte. Nach und nach entfernten sie sich von ihren Freunden, die Kinder bekommen hatten. Schafften Abstand zwischen sich und dem Entzücken, dem Stolz, den Familienurlauben und den Sorgen. Und den Anekdoten, vor allem den Anekdoten: Das hundertzwanzigste Bild eines Hosenmatzes, das ihnen zur Bewunderung vorgelegt wurde, war die Initialzündung gewesen.

Monatelang hatten sie jeden Abend Baupläne gezeichnet. Louise hatte die Webseiten für Innenausstattung und Design durchforstet und sich für verschiedene Weißtöne begeistert: Eierschale, Kreide, Schnee … Leuchtend. Zeitlos. Daran sieht man sich nicht satt, hatte sie beteuert. In letzter Zeit war sie genervt von Kleinigkeiten und sprach immer seltener über die gemeinsame Zukunft. Wann haben sie das letzte Mal miteinander geschlafen? Vielleicht an dem Tag, an dem sie die Spülbecken aufstellten. Louise wird ihn doch nicht ein paar Wochen vor der endgültigen Fertigstellung verlassen, nur weil sich die Renovierung so hinzieht? Unmöglich! Das hat sie nicht gesagt. In Sachen Liebe kennt er niemanden außer ihr. Sie sind seit Ewigkeiten zusammen, ihre Beziehung ist solider als alle anderen. Die Kinderlosigkeit hat sie zusammengeschweißt und in ihrer Zweisamkeit bestärkt.

Gedankenverloren zupft Max an seinem fadenscheinigen braunen Rollkragenpulli. Dann wechselt er, anstatt weiter die Wolle zu malträtieren, zur Arbeitshose und reibt den abgewetzten Stoff zwischen Daumen und Zeigefinger. Wie früher, wenn er über Matheproblemen brütete.

Er steht langsam auf, geht zur ausgetretenen Eingangstreppe des Gebäudes; sein Gang ist nicht mehr der eines selbstsicheren Mannes, den nichts aus dem Gleichgewicht bringen kann. Eigentlich sucht er ein Werkzeug. Welches? Das hat er vergessen. Als Louise dermaßen entnervt durchs Tor gerauscht ist, hat sie seine Geschicklichkeit, alle Gewissheiten, alles Vertrauen mitgenommen. Seine sehnigen Hände wissen nichts mit sich anzufangen. Sein Körper ist plötzlich unbewohnt, sein Traum sinnlos in einem Leben ohne sie. Ein Leben ohne sie? So weit sind sie noch nicht.

Wie spät ist es? Er versucht, sich zu sammeln. Wie findet er aus der Starre wieder raus? Paul müsste gleich kommen, er hatte ihm seine Hilfe angeboten. Max hat ihn gebeten, sich um die Fliesen für die bodengleiche Dusche zu kümmern. Er hofft, dass sein Freund zu spät kommt, wie immer. Pauls Fantasie ist grenzenlos, wenn es um das Erfinden von Ausreden geht.

Auf dem langen Tisch im Speisesaal liegen alte Zeitungen, auf einer Werkbank Schraubenzieher, Metallbehälter stapeln sich unter der Treppe. Überall finden sich Häufchen aus feinen Sägespänen. Der typische Renovierungsgeruch nach frischer Farbe ist von beißendem Terpentin durchsetzt, das ihm in die Nase steigt. Die hohen Atelierfenster mit den schwarzen Stahlstreben bilden einen schönen Kontrast zu dem geschliffenen Beton. Licht fällt durch die Scheiben und färbt den Boden rötlich. Die Wände zwischen dem Speisesaal und der Sporthalle wurden entfernt, und der riesige freie Raum betont die offene Küche mit dem Tresen, der Edelstahlanrichte und dem anthrazitfarbenen Kühlschrank.

Die Bauarbeiten haben sich länger hingezogen als erwartet: drei Wasserrohrbrüche, eine durchgesackte Decke, eine schwer zu beschaffende Genehmigung. Kaum der Rede wert angesichts der einzigartigen Freude, diesen Ort renovieren zu dürfen.

Der Schock hat seine Gedanken durcheinandergewirbelt. Wenn er das geahnt hätte, dann hätte er sich niemals entschieden, Geschichte zu unterrichten. In den langen Schulferien hat er sich zu einem großartigen Handwerker gemausert.

Er hätte ein Sabbatjahr nehmen sollen, dann wäre er jetzt fertig.

Eines Morgens, als er gerade die Geländer blank scheuerte, war Louise mit einer schmutzigen Schürze in der Hand die Treppe heruntergekommen. »Max, ich kann nicht mehr!«

Er hätte das Ultimatum hören müssen, die unausgesprochene Dringlichkeit.

Seit zwei Jahren liebkost er diese Wände, spachtelt noch den kleinsten Riss wieder zu. Er hat sich in das Projekt verbissen. Er hat Zeit und Geld investiert. Er hat immer weiter renoviert.

Malen, schleifen, Decken einziehen, Unebenheiten ausgleichen, Dinge glätten, Harmonie erzeugen.

Stattdessen hätte er sie zu einer Pilgerreise auf dem Jakobsweg einladen sollen. Das wäre wenigstens verlässlich gewesen: die sechsundzwanzig Etappen im Lauf von mehreren Jahren, mit Kompass und Pflastern im Rucksack.

Dann hätte sie ihn nicht mit siebenundvierzig Jahren auf einer unfertigen Baustelle stehen lassen. Seine Kindheitsliebe, sein Mädchen mit den Sommersprossen und dem weißen Kleid war ausgerastet. Die erste Liebe. Die große Liebe. Handwerken, ein Haus bauen, das kann er, aber von ihr nicht geliebt werden und sie nicht mehr lieben … dazu fehlt ihm das Werkzeug.

Die Luftblase in der Wasserwaage ist verrutscht, er muss wieder für das richtige Gleichgewicht sorgen. Heute Abend werden sie darüber reden, dann ist alles wieder im Lot.

Ohne es zu merken, hat er noch einen Riss zugespachtelt, der ihm entgangen war. Es klingelt. Louise hat ihre Schlüssel vergessen, sie hat sich beruhigt und will sich entschuldigen. Max legt die Kelle hin, um ihr aufzumachen.

Am Tor steht Paul, mit falsch zugeknöpftem Hemd, roten Augen und verzweifelter Miene.

»Du glaubst nicht, was mir gerade passiert ist!«, ruft er. »Sie hat Schluss gemacht!«

## 2

Wie ein Anfänger habe ich mich erwischen lassen«, sagt Paul.

»Der Lieferwagen! Bist du bescheuert oder was?«

Max schubst ihn zur Seite, läuft zum rollenden Auto, springt hinein, zieht die Handbremse und bleibt einen Augenblick sitzen.

Paul betritt die Schule. Wie immer rühren ihn die Kleiderhaken auf Kinderhöhe. Wie immer beeindruckt ihn die Treppe. Die ausgetretenen und nicht aufgearbeiteten Stufen erinnern an früher, wie viele Kinder sind da runtergestürmt, um schnell in die Pause zu kommen. Für Max und Louise bedeutete die Treppe den Abschied bis zum Wiedersehen am nächsten Tag, doch sie stand auch für die Freuden der Pause, wo sie unter dem wohlwollenden Blick der Aufsicht Spiele, Lachen, Geheimnisse, aber auch die Grausamkeiten der Kindheit erlebten. Paul bewundert die handwerkliche Begabung seines Freundes. Er selbst kann nicht mal einen Nagel in die Wand schlagen und verspürt auch keinerlei Bedürfnis, daran etwas zu ändern. Max ist ein Visionär, und er ist hartnäckig.

Dieser Ort wird ein echtes Paradies. Wenn er denn eines Tages fertig ist.

Max tritt neben Paul, der an einem Metallpfeiler lehnt. Er ist weder Hipster noch Dandy. Er trägt Designerjeans, ein Hemd mit winzigen Blümchen, darüber ein Jackett, einen um die Schultern geknoteten Pullover, an den Füßen Converse, so makellos, als hätte er sie gerade erst gekauft, und eine bunte Brille. Ein scheinbar natürlicher Look, hinter dem aber viel Aufwand steckt. Er ist groß und hat schwarzes, lockiges Haar, grüne Augen und glatte Haut; Wangen und das Kinn rasiert er zweimal pro Tag sorgfältig. Man könnte ihn ohne zu zögern als schönen Mann bezeichnen, wenn er nicht diese kurze Stupsnase hätte, die nicht so recht zum sonstigen Aussehen passen will. Max weiß, dass Paul ihn um seine gerade Nase beneidet, die perfekt in der Mitte des Gesichts sitzt.

»Vorsicht, frisch gestrichen!«

Er nimmt zwei Dosen aus dem Kühlschrank und reicht Paul eine davon.

»Dann erzähl mal.«

»Marjolaine ist unangekündigt in den Laden geschneit und wollte zwischen zwei Brillenanpassungen den Partyservice für unseren Hochzeitstag mit mir besprechen. Stattdessen hat sie mich mit dem Maschinchen im Schleudergang erwischt.«

Paul muss wie immer ganz genau die Stellung beschreiben, er stellt die Szene nach. Max verzieht das Gesicht.

»So, wie das Maschinchen stand, war Flucht unmöglich. Du hättest Marjolaine sehen sollen. Kein Schrei. Kein

Wimpernzucken. Rat mal, was sie gesagt hat: ›Entschuldigen Sie, Monsieur, Sie scheinen ja äußerst beschäftigt zu sein. Ich komme wegen der jährlichen Kontrolle …‹ Dann hat sie mit hocherhobenem Kopf den Laden verlassen.«

»Ein wahres Improvisationstalent!«

»Was kann ich tun, damit sie mir verzeiht?«

»Tja, Paul, da kann ich dir leider nicht helfen. Mit Untreue kenne ich mich nicht aus.«

»Im Ernst? Nicht mal ein kleiner Seitensprung hier und da?«

Max will nicht weiterreden. Denn reden hieße, dem Freund zu erzählen, dass sich Louise vom Acker gemacht hat. Und solange er es nicht erzählt, ist es nicht wahr. Was wird in Pauls Szenario aus dem Maschinchen? Eine Telefonnummer und die Standard-SMS: *Es bleibt bei einer Pirouette.*

»Wie würdest du es denn finden, wenn Marjolaine sich anderweitig umguckt?«

»Das würde sie nie tun! Ich kenne sie doch.«

Max erwidert nichts. Paul hat Marjolaine bereits am Tag nach der Hochzeit betrogen, mit dem Zimmermädchen. Er rechtfertigte sich damit, dass er hübschen Mädchen nicht widerstehen könne. Er macht vor keiner halt: eine Vertreterin für Solaranlagen, eine weitsichtige Kundin oder eine Studentin auf der Suche nach einem Praktikum.

»Mir geht's hundsmiserabel …«

»Sind Hunde denn so unglücklich?«

»Ganz schrecklich unglücklich! Im Vergleich zu Läusen jedenfalls. Männliche Läuse haben zwei Paar Hoden und können achtzehn Weibchen hintereinander befruchten, ohne sich auszuruhen, wusstest du das?«

»Vielleicht warst du in einem früheren Leben eine Laus. Komm mal runter. Kauf ihr einen Strauß Sonnenblumen und fleh um Vergebung.«

»Es ist schlimmer, als du denkst. Ich bin nach Hause, wollte versuchen, das Unerklärliche zu erklären. In der Zwischenzeit hatte Marjolaine mit ihrer Freundin Christine telefoniert, die ihr gratulierte, dass sie endlich die rosarote Brille abgenommen hat. Eine schöne Metapher für die Frau eines Optikers! Ich habe ihr versprochen, dass es nicht wieder vorkommt. Sie hat ein Messer aus der Küche geholt und mich taxiert. Eine echte Samurai!«

Max lächelt verhalten. Paul übertreibt mal wieder. Das Küchenmesser war wahrscheinlich nur ein Kochlöffel.

»Hörst du mir überhaupt zu? Stell dir meine sanfte, engelsgleiche bessere Hälfte vor, die jeden Tag das Blumenwasser wechselt, damit es den Pflanzen gut geht, und liebevoll meine Hemden bügelt; stell dir vor, wie sie eine Stichwaffe auf mich richtet und mich um den Küchentisch jagt! Das *Yoshito Yamakawa* aus Keramik, zweiundzwanzig Zentimeter lang, man muss es nicht schärfen. Wenn du den Lachs nur antippst, springt dir das Filet schon auf den Teller. Ich stand mit dem Rücken zur Wand und dachte, gleich rammt sie die Klinge in den Fernseher. Noch ganz neu, Flachbildschirm, sechsundvierzig Zentimeter! So wie sie geguckt hat, hätte ich an Ort und Stelle Harakiri machen müssen, damit sie mir verzeiht.«

»Du übertreibst. Wahrscheinlich wartet sie nur darauf, dass du nach Hause kommst …«

»Du hast echt gar nichts verstanden. Ich bin in Lebensgefahr!«

»Sie wird sich schon beruhigen.«

»Ist mir ganz egal, wo du pennst, hat sie geschrien, ich will dich nicht mehr sehen.«

Max fragt sich, wie Louise wohl reagiert hätte, wenn sie ihn mit der Französischkollegin erwischt hätte. Sie hätte kein Edelmesser mit unaussprechlichem Namen geschwungen, sondern ihm schlicht die Scheidungspapiere präsentiert und ihm dann – ganz ruhig, als wäre die Sache damit erledigt – eine Tasse Tee angeboten. Er runzelt die Stirn. Seit dem Fußtritt gegen den Gipseimer rechnet er mit allem. Auf jeden Fall hat er nie auch nur im Entferntesten daran gedacht, sie zu betrügen. Für ihn ist Treue nichts, was man verspricht oder sich aussucht, sondern eine Selbstverständlichkeit.

»Louise ist weg.«

»Im Urlaub?«

»Nein, weg im Sinne von abgehauen. Wir waren hier bei der Arbeit, da hat sie mir ohne Vorankündigung unser Projekt vor die Füße geschmissen. Ich hab überhaupt nichts mehr verstanden. Sie meinte nur, dass es sie jetzt schon ankotzt, bevor es überhaupt angefangen hat. Seitdem hab ich diesen Satz im Ohr.«

Max und Louise getrennt? Unvorstellbar, denkt Paul. Doch nicht diese beiden, das legendäre Paar. Er kennt Max nicht ohne Louise und Louise nur mit Max. Sie blicken in die gleiche Richtung, und es knistert für zwei. Dieses Glück hatte immer etwas Befremdliches für ihn, er selbst würde so etwas nie erleben.

»Hey, altes Haus, da wurden wir wohl beide von der Bettkante geschubst! Wo kann ich mich hinlegen?«

Max lächelt erneut. So ist Paul, er erlaubt sich noch zum unpassendsten Zeitpunkt einen Witz.

»Dann bleib halt hier …«

»Schläfst du heute auch hier?«

»Nein, ich muss mit Louise sprechen.«

Max' Handy vibriert in der Hosentasche. Er umklammert es fest mit den Händen und geht zum Lesen der Nachricht ein Stück weg. *Es tut mir leid, mein Liebling, aber nichts ist mehr sicher, ich muss alles infrage stellen. Dieses neue Leben passt nicht mehr zu mir. Gib mir ein paar Tage, ich melde mich wieder. Ich muss mal durchatmen. Ich verstehe gar nichts mehr, ich brauche Zeit für mich.*

Max wird ganz starr.

»Was ist los?«

»Louise will nicht, dass ich nach Hause komme.«

»Ach du Scheiße! Hat sie das schon mal gemacht?«

»Nein, noch nie.«

»Kopf hoch, dann machen wir es uns hier gemütlich.«

»Such dir oben einen Platz zum Schlafen. Zum Abendessen gibt es nur noch eine Dose Bohneneintopf, die teilen wir uns.«

»Bleib, wo du bist, ich komme gleich wieder.«

Max seufzt. Er muss noch ein Stück Mauer fertig machen, hat aber heute keine Kraft mehr. Er reinigt die Kelle, die Kartätsche und das Reibebrett am Waschbecken im Hof, schaut hinauf zu den Fenstern im ersten Stock. Gestern haben Louise und er viel zu spät Schluss gemacht und in ihrem provisorischen Schlafzimmer *Mademoiselle Bergamotte* übernachtet. Soll er sich ohne sie noch die ganze Mühe machen? Max denkt an den Dachboden. Den wollten sie sich gemütlich einrichten, fernab von den Gästen.

Mit Schachteln beladen taucht Paul wieder auf. Bohneneintopf findet er furchtbar, deswegen hat er im Feinkostgeschäft Dubreuil Estragonhühnchen besorgt. Im Übrigen hat der routinierte Verführer immer ein Kondom, einen Ersatzslip und eine Zahnbürste in einem Brillenetui dabei. Er wird ja ohnehin nicht ewig hierbleiben, wo es kein warmes Wasser und keinerlei Annehmlichkeiten gibt. Eine Nacht, länger nicht.

Noch bevor er die Einkäufe ablädt, fragt er: »Was wird aus Männern, die abgeschossen wurden?«

»Sie ähneln sich wie Wölfe.«

»Komm, kleiner Wolf, wir essen.«

Obwohl noch August ist, ist es abends zu kalt zum Draußensitzen. Wie lange ist es her, dass sie sich zum letzten Mal eine Unterkunft geteilt haben? Seit sie mit der Uni fertig sind. Damals sind sie eine Woche lang mit einer Schrottlaube auf Kreta herumgekurvt, und eines Abends haben sie eine verlassene Scheune besetzt. Sie hatten wenig Geld und fanden es witziger als in der Jugendherberge.

Eilig räumen sie den Tapeziertisch frei und holen zwei Schulstühle aus Holz und Metall. Paul nimmt sich ein Tuch und wischt den Staub weg. Umgekippte Kisten dienen als Beistelltische. Eine Baustellenlampe wirft Schatten auf die weißen Wände.

Zwei Stunden später liegen Hühnerknochen auf den Tellern. Die Weingläser sind leer.

Ihre tiefen Stimmen hallen im leeren Zimmer.

»Hat es dich nie gestört, immer mit einer Lüge zu leben?«, fragt Max.

»Lüge … eigentlich ist es keine. Lüge ist ein starkes Wort für ein bisschen Spaß. Ich will ihr nicht wehtun. Ich liebe sie. Ich habe nie woanders übernachtet als im Ehebett. Die erste Frau, die ich jeden Morgen anschaue, ist sie, die Frau meines Lebens.«

»Und die Maschinchen?«

»Die gehören dazu. Das Gleichgewicht meiner Ehe hängt davon ab.«

Paul steckt sich am offenen Fenster eine Zigarette an. Der erste Zug ist lang und tief, er genießt das verbotene Vergnügen. Er hat sich das Päckchen heute Abend gekauft, obwohl er seit zwei Jahren nicht mehr raucht. Der Seiltänzer ist abgestürzt.

»Ich warne dich doch schon eine ganze Weile: Wenn man die Finger nicht von den Mädchen lassen kann, muss man entweder Junggeselle bleiben oder entsprechend vorsichtig sein.«

»Du hast mich doch immer gedeckt. In gewisser Weise hast du sie also auch betrogen. Spar dir den Moralapostel.«

Paul hat sich schon häufig über Max lustig gemacht, weil er Louise seit dreißig Jahren treu ist. Diesen Mann lassen die Körper anderer Frauen anscheinend total kalt.

»Was genau bedeutet Schleudergang?«

Paul drückt die Zigarette in einem Behelfsaschenbecher aus und erläutert Max eloquent eins seiner Geheimnisse als Erforscher des weiblichen Kontinents.

»Verblüffend! Hier eine viel bodenständigere Frage: Kann ich auf dich zählen, wenn ich die Waschmaschine hole?«

Paul hebt den Kopf.

»Wenn *du* weißt, wie man die Maschine zum Laufen kriegt?«

# 3

Paul hat sich in dem Zimmer namens *Carambar* einquartiert. Diese Schule bietet ihm weder die gewohnten Annehmlichkeiten noch Gelegenheit für seine Alltagsrituale. Der unglückliche Blick seines Freundes hat ihn zum Bleiben bewogen, aber er muss zugeben, dass der Aufenthalt hier etwas Beruhigendes hat. Seit einer Woche schauen sie jeden Abend auf einem winzigen Bildschirm eine politische Debatte oder einen Zusammenschnitt denkwürdiger Elfmeter. Es mutet schon ein wenig seltsam an, weil sie die Augen sehr zusammenkneifen müssen, um die Spieler zu unterscheiden. Aber immer noch besser, als unentwegt zu grübeln. Max brütet, versteht noch immer nichts, brütet weiter und ruft dann Louise an. Sie geht nicht dran.

Am sechsten Abend ist Paul nicht da. Es ist schon neun Uhr, und Max hat Hunger. Pech für Paul. Wahrscheinlich probiert er gerade eine der seltsamen Stellungen aus, auf die er ein Patent hat. Die Raviolidose klackert im Topf mit dem kochenden Wasser. Max stellt den Gaskocher aus, schüttet die Teigtaschen in einen tiefen Teller und greift nach der Gabel. Eben schaltet er das Tablet ein, als Paul hereinkommt, mit einem Verband um den Kopf. Hinter ihm taucht ein Mann um die dreißig auf, der einen Kapuzenpulli unter einer Jeansjacke trägt. Er hat kastanienbraunes Haar und ein rundes Gesicht. Einen kindlichen Schmollmund. Auf den Lippen ein leichtes Lächeln, als würde er alles nicht so ernst nehmen.

Mit einer Handbewegung schneidet Paul Max das Wort ab, ehe er eine Frage stellen kann.

»Weil die Waschmaschine so schwer ist, hab ich uns Unterstützung mitgebracht. Und drei Portionen Roastbeef. Das ist übrigens Simon.«

Max betrachtet den Verband um Pauls Kopf.

»Was ist denn mit dir passiert? Hat Marjolaine dir den Kopf zurechtgerückt?«

»Das kannst du laut sagen.«

Paul war sicher gewesen, dass Marjolaine beim Sport war, und war nach Hause gegangen, um sich ein paar Sachen zu holen. Auf Zehenspitzen war er hineingeschlichen, nachdem er sich davon überzeugt hatte, dass niemand zu Hause war, und hatte schnell einige Sachen in den Rucksack gestopft. Erst im Treppenhaus atmete er auf. Aber seine Frau hatte ihn die ganze Zeit über beobachtet, sie war in der Gartenlaube beschäftigt gewesen.

»Das hat mir einen Blumentopf an der Schläfe beschert. Sie hat mich angekeift, wenn ich Wert darauf legen würde, dass sie nicht zu Hause ist, sollte ich daran denken, dass der Kurs schon um siebzehn Uhr ist.«

Fürsorglich klebt Max ihm ein Stück lockeres Verbandspflaster wieder fest.

»Wärst du so lieb und würdest uns zwei Bier aufmachen?«, sagt Paul.

Max öffnet den Kühlschrank und murmelt: »Hab ich ›Barmann‹ auf der Stirn stehen?«

Er reicht jedem eine Dose.

»Du hättest mich sehen sollen, mit den Geranienblüten im Haar ... In der Klinik haben mich alle angestarrt. Simon bin ich in der Radiologie über den Weg gelaufen. Es war ein glücklicher Zufall, er muss gerade in seinem Büro übernachten. Wir waren uns sympathisch, haben einen Kaffee getrunken, ich habe ihm meine und er mir den Anfang seiner Geschichte erzählt.«

»Wie lautet der Befund?«

»Ich bin haarscharf an einer Gehirnerschütterung vorbeigeschrammt.«

Max lässt sich schon lange nicht mehr von Paul verschaukeln. Der Terrakotta-Blumentopf war bestimmt aus Plastik.

Simon runzelt die Stirn und wendet sich an Max.

»Vielen Dank für das Bier. Wenn ich das richtig verstanden habe, seid ihr beide zur gleichen Zeit verlassen worden?«

Max ist überrascht, wie ungezwungen dieser Typ in seine Intimsphäre hineingrätscht, und verschanzt sich hinter einem Witz.

»Ja, genau. Mit einer leichten Zeitverschiebung zwischen dem 12. und dem 20. Arrondissement. Und du?«

Und Simon, der Wildfremde, packt aus: Seit zehn Tagen übernachtet er im Büro, weil Marie ihn vor die Tür gesetzt hat. Marie, die einzige Freundin, mit der er je zusammengezogen ist. Dieses Mal hatte er gedacht: So, ich lasse mich darauf ein … daraus könnte was Ernsteres werden. Als sie in sein Leben stolperte, hat sie ihn gleich verzaubert mit ihrer guten Laune, ihrem Optimismus, ihrer Unkompliziertheit und ihrer Art, die Dinge anzupacken und ihre Beziehung in die Hand zu nehmen. Freitags gab es Sushi, samstags trafen sie Freunde. Er hat sich von dem hübschen brünetten Wirbelwind mitreißen lassen, dem immer nach Feiern zumute war. Nie gab es ein Problem, nie war etwas schlimm – wenn man spät nach Hause kam, stand man eben später auf. Jeder konnte unangemeldet vorbeikommen, dann stellte man eben noch einen Teller hin. Diese Sorglosigkeit, dieses Nie-an-morgen-Denken passte hervorragend zu ihm. Zum ersten Jahrestag hatte sie ihm etwas geschenkt, was er keinesfalls haben wollte: einen Hund! Er hatte probeweise vorgeschlagen, ihn gegen ein Meerschweinchen einzutauschen. Das hatte Madame überhaupt nicht witzig gefunden. Überrascht von seiner eigenen Courage, hatte er sich kategorisch gegen einen Hund in ihrer Wohnung gestellt. Für sie war die Sache klar: Ein Hund, und sie bleibt, kein Hund, und sie geht. Er hat seinen Koffer gepackt.

»Sie hat dich wegen einem Köter rausgeworfen?«, fragt Paul ungläubig.

»Trennungen sind anscheinend gerade in!«, setzt Max noch einen drauf.

»Vielleicht ist es eine Pandemie«, schlussfolgert Simon.

Paul wechselt das Thema: »Kann Simon hier schlafen, bis er was Neues findet?«

»Ich habe Angst, dass mir im Krankenhaus der Chefarzt auf die Schliche kommt. Schließlich habe ich einen Arbeitsvertrag unterschrieben, keinen Mietvertrag«, fügt Simon hinzu.

»Und wenn Louise zurückkommt?«

»Was würde das ändern? Ihr wolltet doch eine Pension eröffnen, oder? In eurer Ankündigung habt ihr eine Kleinigkeit vergessen: *Nur für Männer zwischen den Stühlen. Men in between*. Kein schlechter Slogan, oder?«

Max steht auf und sagt, er müsse vor dem Schlafengehen noch etwas erledigen. Die Schubladen der Kommode oben im Flur brauchen Öl.

Die Holzstufen knarzen unter seinen Füßen.

Kaum sind Paul und Simon allein, kann Paul seine Version der Liebesgeschichte von Louise und dem stolzen Besitzer der Schule zum Besten geben.

»Wenn ich jedem Mädchen, das ich geküsst habe, eine Schule schenken würde, gäbe es in Paris bald keine freien Schulen mehr! Komm, ich führ dich herum, und dann schauen wir mal, was der Chef macht.«

Max rüttelt an der Kommodenschublade. Sie klemmt. Simon packt gleich mit an.

»Siehst du, kleiner Wolf«, sagt Paul, »wenn du Simon ins *Petit Écolier*-Zimmer einziehen lässt, hast du noch ein Paar helfende Hände und wirst schneller fertig.«

Er lehnt sich an einen Stapel Kartons und hält einen Monolog über Männer, die ohne Vorwarnung rausgeschmissen wurden.

»Damals, bei den Neandertalern, haben Frauen bestimmt

nicht so viel Widerworte gegeben. Man hat ihnen einfach mit der Keule eins übergezogen, und schon haben sie sich wieder ums Feuer gekümmert.«

Simon lacht. Max schaut die beiden konsterniert an. Er hat ein Bild vor Augen: Marjolaine im Tierfell jagt Paul mit erhobener Lanze, an der ein spitzer Stein steckt. Paul lässt nicht locker. Zu dritt könnten sie Liar's Dice spielen.

»Na gut, aber nur vorübergehend, und ihr helft mit. Ich bin die Hähnchen vom Feinkostladen leid. Kannst du kochen, Simon?«

Simon lächelt erleichtert, weil er eine Bleibe gefunden hat. Er erzählt ihnen von seinem neuesten Rezept, er hat es auf der Karte eines Restaurants gesehen: Scones mit Ziegenkäse und Honig. Man kann sie zum Frühstück essen oder als Hauptgang zu einem Salat, das schmecke ganz wunderbar.

Max bedauert seine Frage. Louise hat die Pläne für ihre Küche gezeichnet, das Becken ausgesucht und die Farbdosen unter der Spüle verstaut. Wird sie das neue Herzstück des Hauses nur auf dem Papier und nie in Wirklichkeit sehen? Er erstarrt bei der Vorstellung, dass sich jemand anderes an diesem Ort breitmacht, das käme einem Eingeständnis seiner Niederlage gleich.

Paul bemerkt, dass Max zögert, und versucht, vom Thema abzulenken.

»Was war das eigentlich für ein Hund?«, fragt er.

»Ein Chihuahua«, antwortet Simon.

»Herzlich willkommen!«, rufen Paul und Max wie aus einem Mund.

# 4

Die angeregte Unterhaltung von Paul und Simon im Flur erinnert Max daran, dass er die Stille liebt. Er hasst es, vor seiner ersten Tasse Kaffee Gespräche zu führen, vor allem am Sonntag, doch nun muss er sich wohl an den morgendlichen Rummel gewöhnen. Auch das Radio ist ihm zu viel. Er will weder mit schlechten Nachrichten aus aller Welt bombardiert werden noch leise Musik hören. Weil Madame Gillou, die Nachbarin, niemanden zum Reden hat, klingelt sie häufiger als nötig und bittet um Hilfe – das nervt ihn. Alles, was Max braucht, ist der Gesang der Amsel im Hof und die harmonische Silhouette der imposanten Linde mit ihrem kurzen Stamm und der runden Krone. Ihre leuchtend grünen, herzförmigen Blätter spenden einen kühlen Schatten, in dem man sich wunderbar ausruhen kann.

Paul dreht die Heizung immer bis zum Anschlag auf und leiht sich Sachen aus, die er dann verbummelt. Simon läuft nackt durch den Flur und besetzt zu lange das einzige Bad, in dem endlich warmes Wasser läuft. Chaos macht sich breit. Anfangs hatte der Unbekannte ihn von seiner Verzweiflung abgelenkt, inzwischen hängt Simon wie ein Kind an Pauls Lippen. Als Kind hat Max öfter streunende Katzen bei sich aufgenommen. Seit mittlerweile vierzehn Tagen steht die Waschmaschine im Eingangsbereich. Wenn die anderen rein gar nichts zum Gemeinschaftsleben beisteuern, wird er sie vor die Tür setzen. Er wollte ihnen aus der Patsche helfen, kein Heim für unerzogene Tiere eröffnen.

Er trommelt sie zu einem Treffen zusammen, holt drei Stühle, die er unter die Linde stellt, setzt sich und betrachtet, während er wartet, den Außenbereich. Auch dort gibt es noch viel zu tun. Die Fahrradständer will er stehen lassen, genau wie die Mädchen- und Jungentoiletten mit den alten Holztüren und die Urinale, die Louise und er bepflanzen wollten. Er muss den Innenhof nur anschauen, und schon denkt er an Louise.

Eine Trennung gewährt verlassenen Männern kaum Atempausen. Das Gedankenkarussell steht nicht still, ständig neue Fragen, auf die es keine Antwort gibt.

Er hat versucht, Louise anzurufen, ein Mal, zehn Mal, hundert Mal. Sie ist nicht drangegangen. Seine Nachrichten waren wie eine Flaschenpost, wie Brieftauben oder Engel mit goldenen Flügeln. *Kann ich heute Abend nach Hause kommen?* Und er las ihre Antworten immer wieder, ein Mal, zehn Mal, hundert Mal. *Du, ich muss wirklich in Ruhe über alles nachdenken. Das ist nicht nur eine kleine Krise. Dir geht es doch gut dort, jetzt in den Ferien. Ich fahre eine Woche weg, dann kannst du dir ein paar Sachen holen.*

Sie wird zurückkommen. Er respektiert ihren Wunsch

und flüchtet sich in die Arbeit. *Du sagst mir, wann wir uns sehen können, wenn du so weit bist, dann trinken wir einen Kaffee.* Sie schreibt: *Danke, ich bin total verwirrt, das dauert noch.* Und dann nichts mehr.

Paul und Simon kommen zum Baum. Max ordnet seine Gedanken, bevor er sie ausspricht: »Wenn wir zusammenwohnen wollen, müssen wir uns auf ein paar Regeln einigen. Immerhin biete ich euch ein Dach über dem Kopf, ich kann nicht auch noch für alles andere sorgen. Was das Geld angeht, so schlage ich eine moderate Miete für diejenigen vor, die eine Weile bleiben möchten. Sie wird niedriger, je mehr ihr auf der Baustelle helft. Jeder muss sich beteiligen. Oben gibt es noch ein Zimmer ohne Funktion: das *Tapetenzimmer*. Es wäre schön, wenn alle dort mit anpacken und die Tapete von der Wand kratzen. Dabei kann man gut nachdenken, das ist dann ein Gemeinschaftsprojekt.«

»Wie bei der Armee«, unterbricht ihn Paul.

»Wie in der Schule«, entgegnet Max.

»Und wann ist Zapfenstreich? Und die Pinkelpausen?«, setzt Paul noch einen drauf.

Max setzt sein Oberlehrergesicht auf. Er erinnert sich an die Benimmregeln, auf deren Festsetzung er in seinen Klassen verzichtet hat. Es war nicht nötig, Ruhe und Ordnung einzufordern, seine Schüler respektieren ihn auch so, weil er seine Begeisterung für Geschichte vermitteln kann. Apropos, er freut sich schon auf sie.

In *dieser* Schule wird er ein Schild mit der Aufgabenverteilung in den Eingangsbereich der Küche hängen: Müll,

Abwasch, Einkaufen, Abendessen kochen. Er würde es begrüßen, wenn sie regelmäßig auf den Plan schauen und sich daran halten. Simon lächelt.

»Und wer verteilt am Ende der Woche die Fleißpunkte?«, fragt Paul angriffslustig.

»Das Fräulein Lehrerin bin ich! Ach, und noch was: Hier dürfen keine Frauen rein! Keine Mieterinnen, und auch nicht vorübergehend, nicht einmal für eine Nacht«, erklärt Max.

Simon meldet sich.

»Mir ist alles recht, solange Hunde verboten sind.«

»Was hast du denn für ein Problem mit Hunden?«

»Kann ich nicht sagen, ich bin einfach allergisch. Ich krieg Juckreiz von den Viechern.«

»Also, jedenfalls keine Frauen, und wir schauen mal, wohin uns das führt.«

Paul seufzt. Noch vor Kurzem hätte er dieses Mönchsleben noch nicht akzeptiert. Im Augenblick schützt ihn die Entscheidung. Marjolaine wird irgendwann erfahren, dass er unter Männern lebt, dann wird sie sich beruhigen.

»Die Wäscheberge stapeln sich, und die Waschmaschine verstellt den Eingang!«, sagt Max zum Abschluss. »Wer kümmert sich darum?«

Simon prescht vor und bietet Paul an, ihm beim Anschließen zu helfen.

Paul wühlt in der Werkzeugkiste herum, sucht nach einem Metermaß und lässt die ganzen Gerätschaften an der Treppe liegen, um die Waschmaschine an ihren Platz zu schleppen. Der Flur ist eng. Simon zerrt, Paul schiebt.

Max flucht. Gerade hat er die leere Werkzeugkiste und ihren Inhalt entdeckt, der auf dem ganzen Boden verstreut liegt.

»Keine Sorge, Simon. Max ist sonst nicht so dünnhäutig«, sagt Paul. »Keine Frauen, das hat er nun davon.«

»Hier drinnen ist das in Ordnung. Draußen kann ich für nichts garantieren.«

»Wo du gerade noch da bist: Was gibt es denn zum Abendessen?«

»Mir fällt nichts ein«, antwortet Simon. »Könntest du das heute übernehmen?«

Das Rollbrett gerät aus dem Gleichgewicht, die Kiste kippt und fällt Paul fast auf die Zehen. Simon denkt gleich an dreiunddreißig Brüche. Wenn sich jemand stößt, sieht er sofort zerschmetterte Oberarmknochen und gebrochene Rippen vor sich. Er braucht keine Röntgenaufnahmen, um sich die Verletzungen vorzustellen.

Paul und Simon erreichen die zukünftige Waschküche und wuchten – außer Atem wie zwei Boxer am Ende eines Kampfes – die Maschine vom Rollbrett.

»Und, Paul, wie schließt man sie an?«

»Keine Ahnung, Max ist hier der Handwerker«, sagt Paul und tippt auf seinem Telefon herum. »Ich schaue auf ichmacheallesselbst.com nach. Ich hab's. *Sie brauchen eine Waschmaschine, die Anleitung und Rohrleitungen.*«

»Na, wer hätte das gedacht!«

»Pscht, es geht weiter. *1. Schritt: Entfernen Sie das Verpackungsmaterial, das die Maschine während des Transportes schützt, es ist sonst nur im Weg.*«

Paul hebt den Kopf.

»Und falls man diese tiefschürfende Wahrheit nicht versteht, gibt es auch Fotos. 2. *Schritt: Vor dem Wegwerfen der Verpackung die Anweisung lesen. 3. Schritt: Die Schläuche können anhand ihrer Farbe unterschieden werden: Rot für heiß, Blau für kalt. 4. Schritt: Schließen Sie den Schlauch an der Armatur an. Versichern Sie sich vor dem Aufdrehen, dass alles richtig zugedreht ist.*«

Simon schnappt sich das Handy.

»Ich les weiter. Wenn du zu jedem Schritt einen Sketch aufführst, sind wir morgen noch nicht fertig! 5. *Schritt: Verbinden Sie das Gerät mit einem Abwassersystem, auf diese Weise wird das Schmutzwasser nicht erneut in die Maschine gepumpt …*«

»Die halten uns für Vollidioten.«

Als sie schließlich den Hahn aufdrehen, spritzt das Wasser an allen Seiten aus dem Anschlussstück. Sie rufen Max zu Hilfe, der herbeigeeilt kommt, in einer Hand den Pinsel, in der anderen einen Lappen.

»Ihr habt den Schlauch nicht richtig angeschlossen!«

»Haben wir schon …«

»Nur weil man mit einem Scanner umgehen oder Brillenbügel richten kann, ist man noch lange kein Klempner«, sagt Max und schraubt den Dichtungsring an, den Paul und Simon in der Kiste vergessen haben.

Abends sitzen sie bei Flusskrebsen mit Mayonnaise de Dijon und einer Flasche Chardonnay zusammen und reden über Sport und die Arbeit. Max erzählt die lange Geschichte vom Kauf der Schule, dem Fortschritt der Arbeiten, dem Verschönerungsprojekt für die Außenurinale und von der Bank, die er besorgt hat, damit man sich unter die Linde setzen kann. Er glaubt so sehr an diesen Traum. Falls Louise nach Australien auswandert, wird er das Gebäude wieder verkaufen. Er lässt ihr die Zeit zum Nachdenken. Derweil macht er weiter.

»Wir sind doch ein tolles Trio, oder nicht?«, meint Paul.

## 5

Die fünf Zimmer gehen im ersten und einzigen Stockwerk von einem langen Flur ab. Simon betritt das *Tapetenzimmer*. Die Steckdosen und die Schalter sind abmontiert, auf dem Boden liegt eine wasserfeste Plane. Auf einer Trittleiter entdeckt er einen Pulverisator und Anweisungen von Max: *Keine chemischen Produkte in meinem Haus. Heißes Wasser, Essig und Backpulver. Die Mischung wird großzügig mit einem Schwamm aufgetragen. Die Flüssigkeit ist wirksamer, wenn sie warm bleibt. Nach dem Auftragen mindestens zehn Minuten warten, dann abziehen. Die Tapete an einer Ecke packen und mit einem Spatel ablösen. Vinyltapeten, abwaschbare oder wasserdichte Tapeten lassen den Dampf vom Tapetenlöser nicht durch. Bei diesen Materialien muss die Oberfläche mit einer Metallbürste bearbeitet werden, damit das Wasser eindringen und sie durchweichen kann. Ruhig großzügig nachbefeuchten, wenn die Tapete immer noch klebt. Viel Erfolg!*

Das Zimmer ist riesig. Etwa vierzig Quadratmeter. Hunderte Gänseblümchen kleben seit vielen Jahren an den Wänden. Simon hat es nicht eilig und betrachtet den Reigen der Wolken am Himmel.

Im Krankenhaus verbringt er seine Tage in einem dunklen Zimmer und wird vom Hin und Her eines Scanners eingelullt. Weil er solche Sehnsucht nach Licht hat, würde er auf keinen Fall in die dunkle Métro hinabsteigen. Er geht stets zu Fuß oder nimmt einen E-Roller. Sobald er die besondere Atmosphäre seiner Arbeit hinter sich gelassen hat, taucht er ein in eine Welt mit ganz anderen Bildern und Geräuschen. In seinem Zimmer hat er das Bett vors Fenster geschoben, es steht Tag und Nacht offen. Nachdem er in seinem Büro wie in einem Wohnwagen hausen musste, hat er hier seine Sachen überall verteilt und macht sich im Bett richtig breit, um den ganzen Platz auszunutzen. Er fragt sich, was es mit seinem Aufenthalt hier auf sich hat. Eine simple Verquickung von Umständen? Ein Zeichen? Vielleicht kein Zufall. Er ist ein begnadeter Zuhörer, wenn die Patienten von ihrem Alltag erzählen – nun ist für ihn der Augenblick gekommen, seine eigenen Entscheidungen und seine Beziehung zu Frauen zu hinterfragen.

In der Schule ist es still. Die beiden anderen sind zu Emmaus gefahren, um dort nach einem Sofa zu suchen. Max weiß genau, was er will: etwas Großes und Gemütliches; Paul richtet sich eher nach ästhetischen Gesichtspunkten. Sie haben Simon Bescheid gesagt, dass sie anschließend noch einen Bissen essen werden. Simon hätte sie gern begleitet. Er hat niemandem seine neue Adresse mitgeteilt. Weder seiner Mutter in Chartres noch seinen Schwestern, die in Rouen gemeinsam in einem Haus leben. Wenn sich eine Gelegenheit zur Versetzung ergibt, müsste er sie ergreifen und woanders neu anfangen. In Paris hat er sich nichts aufgebaut, weder Freundschaften noch Liebesgeschichten. Es ist immer wieder das Gleiche: Am Ende jeder Beziehung verliert er seine Freundin und deren Freunde. Nach Rouen kann er unmöglich zurückkehren, weil die Beziehung zu seinen Geschwistern so kompliziert ist. Seine große Schwester und er waren ein perfektes Team. Aber als dann die Jüngste geboren wurde, war er plötzlich allein. Die beiden bildeten ein neues Team, in dem er keinen Platz hatte.

Simon verteilt die von Max empfohlene Mischung über die Gänseblümchen.

Alte Erinnerungen und Verletzungen aus der Kindheit, die lange in ihm geschlummert haben, brechen jetzt hartnäckig hervor. Drei ist eine Zahl, die er gut kennt. Die Drei ist nicht stabil. Mounette war die Anführerin, und Puce verzieh ihr alles. Manchmal spielten sie zu dritt, dann wieder wurde er von ihnen auf die Zuschauerränge verwiesen: Sie teilten ihre Mädchensachen, Hänseleien, ihr Kichern in trauter Einigkeit … Wenn er aus der Schule kam, liefen seine Schwestern flüsternd vor ihm her. Sie spielten mit Puppen, schliefen im selben Zimmer und verkleideten sich ganze Samstage lang als Märchenprinz und Aschenputtel. Sie besetzten das Badezimmer, probierten Haarknoten aus, Zöpfe, verschiedene Haargummis, Klammern und Spängchen, als hätten sie nichts anderes als Frisuren im Kopf. Er beneidete sie um diese Vertrautheit.

Wenn er badete, betrachteten sie ihn. »Du hast einen Pullermann, aber weißt du, unsere kleinen Bonbons zählen auch«, und zeigten sich stolz zwischen die Beine. Nachts, wenn er schlaflos im Bett lag, zog er an seinem Pullermann, damit er größer wurde.

Seine Schwestern sahen sich als Anführerinnen. Sie waren nett zu ihm, um ihn danach nur umso mehr auf die Palme zu bringen. Zwar verbrachte er auch manchmal schöne Augenblicke mit ihnen, aber die nichtigste Kleinigkeit genügte, und er wurde wieder verbannt. Dann war Schluss mit lustig, ihm wurde die Tür vor der Nase zugeschlagen! Eine Szene, die er seitdem viel zu häufig immer wieder durchlebt hat. Erst erregt er Mitleid, dann verstößt man ihn. Nie entscheidet er selbst.

Hätte er sich anders entwickelt, wenn er zwei Brüder gehabt hätte? Hätte es das gleiche Gerangel um Verbündete gegeben? Hätte er eine andere Beziehung zu Frauen, wenn er mit Jungs aufgewachsen wäre?

Simon streckt sich, um die Wand ganz oben anzufeuchten. Ein wenig Flüssigkeit fließt ihm den Arm runter. Ungeduldig wartet er nicht die vorgeschriebenen zehn Minuten und beginnt, eine Ecke abzuziehen. Unter den Blümchen tauchen breite rote und weiße Streifen auf.

Er wird nicht nach Rouen zurückkehren. Trotz der Zahl Drei fühlt er sich hier nicht ausgegrenzt. Paul und Max sind anders als seine Schwestern. Eine langjährige Freundschaft zwischen zwei Kerlen ist etwas Schönes. Er bewundert, wie vertraut sie miteinander umgehen, wie ein altes Ehepaar. Er amüsiert sich über ihre harmlosen Sticheleien. Sie liefern sich immer mal wieder einen Schlagabtausch, und obwohl sie sich in die Wolle kriegen, respektieren sie einander. Wie zwei Eiskunstläufer, einer dreht eine Pirouette, der andere fängt ihn auf. Sie fahren Hand in Hand übers Eis, gleiten auseinander, holen Schwung – jeder für sich –, bevor sie wieder zueinanderfinden, um eine neue Figur zu laufen. Max hat ein riesiges Herz. Paul lenkt ihn ab, indem er Ereignisse unweigerlich so nachspielt, dass er selbst besser dasteht. Ehe ihre Beziehungen in die Brüche gingen, wetteiferten die beiden Männer auf sicherem Grund, er selbst hingegen suchte noch seinen Platz. Um sein Unbehagen zu vertuschen, hat er sich angewöhnt zu lächeln. Wenn er als Kind Dummheiten gemacht hatte, setzte er ein Engelsgesicht auf, und es funktionierte. Niemand wäre auf die Idee gekommen, dass er es war, der der Katze die Schnurrhaare blau angemalt hat.

Nachdem er drei Quadratmeter Gänseblümchen abgerissen hat, seufzt Simon schon, legt den Spatel auf die Trittleiter und geht in den riesigen Gemeinschaftsraum. Er liebt diesen Ort, die industriell anmutenden Stahlbalken, die Vintage-Glühbirnen, den gepflasterten Innenhof, in dessen Mitte der Lindenbaum aufragt. So ganz anders als der im Büro ausgerollte Schlafsack.

Alles in allem durchlebt er sein erzwungenes Zölibat lieber mit Unbekannten als unter den Augen seiner Kollegen. Denen wollte er – mit Ausnahme der Sekretärin Odette – nicht erzählen, dass Marie ihm den Chihuahua vorgezogen hatte.

Er betrachtet seine zerknitterte Hose. Mounette und Puce haben ihm doch das Bügeln beigebracht. Er musste für sie ihre Puppenkleidung glätten. Eines Abends hatte sich sein Vater über ihn lustig gemacht und gesagt, er habe gar nicht gewusst, dass er drei Töchter habe. Das verletzte ihn. Er verstand es nicht. Seine Mutter hatte beschwichtigt: »Papa redet Quatsch. Ein Junge kann ruhig bügeln und kochen. Ich bin stolz auf meinen Sohn.« Wer kümmert sich in diesem Haus ums Bügeln? Diesen Posten haben sie nicht auf die Aufgabenliste gesetzt. Also erledigt das wohl jeder für sich.

Max hat nur Schrauben, Nägel und Louise im Kopf. Auch Paul ist gewiss nicht der Vorzeigehausmann. Er streichelt lieber einen Frauenkörper, als Bettdecken aufzuschütteln.

Simon hofft, dass er dieser Schinderei ebenso entfliehen kann wie seinem endlosen Studium. Im dritten Jahr des Medizinstudiums hatte er sich entschlossen, lieber eine Ausbildung zum medizinisch-technischen Radiologieassistenten zu beginnen. Wenn er die Bilder sieht, wird er fast zum Radiologen, geht völlig rational vor. In seinem Liebesleben erstellt er falsche Diagnosen. Seine Unfähigkeit, die Röntgenaufnahmen seiner Beziehung zu entschlüsseln, ist so schlimm wie nie. Im Positiven wie im Negativen. Plötzlich hatte Marie unbekannte Seiten ihrer Persönlichkeit gezeigt. Weiß wurde Schwarz, Schwarz wurde Weiß. Heute ist ihm klar, dass er in ihrer Paarbeziehung nichts mehr zu entscheiden hatte. Als sie ihm den Laufpass gab, war das wie eine Kampfansage, ein Racheakt, ein eisiger Windstoß, zurück auf Tinder! Wie eine Fressattacke, zehn Partner in einer Nacht.

Wenn er so darüber nachdenkt, war er immer mit Anführerinnen zusammen. Die Mädels, die ihn anzogen, glichen seinen Schwestern. Sie gaben die Tanzschritte vor. Die Episode mit dem Hund hatte wie ein Auslöser gewirkt. Endlich hat er Nein gesagt.

Max' Lachen erklingt im Flur, mischt sich mit dem von Paul. Sie tragen ein riesiges braunes Sofa mit orangefarbenem Muster, ein Ding wie aus einem Film der Sechzigerjahre. Simon macht gerade einen Gemüseauflauf: eine Schicht reife Tomaten, eine Schicht eingelegte Auberginen, eine Schicht Zucchini mit Knoblauch und Thymian. Auf diese Art bringt er sich ein, so will er das Duo in ein Trio verwandeln. Heute lassen sie es sich erst einmal schmecken. Und morgen werden sie weitersehen.

# 6

Paul kommt von der Arbeit. Ein Mann lehnt am Kühlschrank, einen Kaffee in der Hand. Fabrizio! Was verschlägt denn Louises Halbbruder hierher? Er ist so ziemlich der Letzte, den Paul in ihrer Küche erwartet hatte. Immer noch dieser Biker-Look. Klein, gedrungen, mit einem Ohrring. Seine rechte Augenbraue sieht aus wie in der Mitte auseinandergeschnitten. Blaue Augenringe. Und unter seiner violetten Mütze steckt bestimmt ein rasierter Schädel. Sein enges schwarzes T-Shirt betont die Brustmuskeln. Auf den muskulösen Unterarmen sieht man ein Stück eines Tribal-Tattoos. Paul versteht nicht, wie man sich so präsentieren kann. Ein raffiniertes Tattoo an einer verborgenen Stelle, ja. Aber Arabesken, die sich von der Schulter bis zum Ellbogen ziehen und sich dann noch um den Ellbogen schlängeln, das ist zu viel.

Er nimmt Max zur Seite.

»Was macht denn der hier?«

»Louise hat mich angerufen, ich soll ihn bei uns aufnehmen. Er sucht dringend eine Bleibe. Du verstehst bestimmt, dass ich angesichts der Umstände Ja gesagt habe …«

Ihre Stimme zu hören hat ihn erschüttert. Der einzige Grund ihres Anrufs war Fabrizio gewesen, dem man ein Ultimatum gestellt hatte: Seine Freundin werde ihn nur heiraten, wenn er lerne, wie man ein Putztuch verwendet. Max weiß nicht, ob es sich um eine Beziehungspause, eine Trennung oder eine Zurückweisung handelt. Louise hatte Saskia als Feministin bezeichnet. Damals war ihm dieser Begriff noch übertrieben vorgekommen. Seitdem ist sie vielleicht militant geworden oder sogar radikal. Beeindruckend, das mit dem Putzlappen! Louise hat von nichts anderem gesprochen. Er hatte keine Zeit, sie zu fragen, ob sie mit ihren Überlegungen weitergekommen ist. Sie hatte nur hastig *Auf Wiederhören* gemurmelt und aufgelegt.

»Willst du weiterhin all ihren Launen nachgeben?«

»Halt mir bitte keinen Vortrag. Das ist gerade unpassend. Ich musste ihr schon erklären, dass ich einen medizinisch-technischen Radiologieassistenten und einen flatterhaften Optiker beherberge. Außerdem bin ich kaum qualifiziert, die Verwendung eines Putztuches zu erklären. Ich unterrichte Geschichte, nicht Hauswirtschaft.«

Paul hat Fabrizio nur ein paarmal gesehen. Hat Louise ihn vorgeschickt, um Max den Kopf zu waschen? Noch bevor Fabrizio den Mund aufmacht, spürt Paul bereits eine Abneigung gegen ihn.

»Ich habe zugesagt, dass er bei uns wohnen kann«, schließt Max.

Paul zuckt die Schultern.

»Ich hoffe, er ist zurückhaltend.«

»Das ist nicht seine große Stärke.«

Fabrizio hat vorgestern seinen einundvierzigsten Geburtstag gefeiert, ganz allein in einer Bar. Saskia hat ihm nicht gratuliert. Er hätte jetzt gern eine Zigarette. In der Schule ist Rauchen in den Innenräumen verboten. Oha! Die Regeln seines Schwagers. Was für eine miese Woche!

Er stellt seinen Hometrainer in das Zimmer namens *Bescherelle*, eins der fünf Klassenzimmer auf der ersten Etage. Auf dem Doppelbett sitzend holt er einen Stapel T-Shirts aus dem Rucksack, Hanteln und Creme für seine Tattoos und ein Bild von sich und Saskia im Urlaub in Portofino. Sie kommt gerade aus dem Wasser, ihr Haar ist vom Wind zerzaust, sie lacht, ihr knapper, leuchtend orangefarbener Bikini ist nass. Sie haben sich drei Tage lang unablässig geliebt, haben getrunken und in den Buchten getanzt. Fast wie in einem Fotoroman, aber dieser rauschhafte Ausflug hat sie bis in alle Ewigkeit miteinander verbunden. Er ist total scharf auf die Frau.

Frauen haben ihn immer schon beeindruckt. Wenn er eine attraktive Frau sah, dachte er immer, er hätte keine Chance. Er fühlte sich nicht dazu imstande, ihre Erwartungen zu erfüllen. Außerdem war er zehn Tage pro Monat unterwegs und lebte häufig aus dem Koffer, eine langfristige Beziehung war da nicht drin. Die melancholische Seite der Musiker gefiel den Frauen, beim Konzert und anschließend in den Bars. Er war der Toningenieur – der »Toni«, wie man in Musikerkreisen sagte –, niemand schenkte ihm besondere Aufmerksamkeit. Er war eine Schattengestalt, ließ sich durchs Leben treiben. Saskia, seine schöne Feministin, war die wichtigste Frau für ihn. Vor ihr war nichts Beständiges gewesen. Eine Weile lang hatte er sich Gedanken über seine sexuelle Orientierung gemacht. Er hatte sich nie getraut, dem nachzugehen. Als sie ihn dann an die Wand drückte, hat ihn das wachgerüttelt. Mit ihr ergab plötzlich alles Sinn. Seit einigen Monaten hatten sie im gemeinsamen Alltag Probleme, von einer Trennung waren sie dennoch weit entfernt. Sie forderte eine exakte Fifty-fifty-Aufteilung der Aufgaben im Haushalt. Er hatte die Herausforderung angenommen, obwohl ihm die penible Anordnung der Teller und das Fegen des Flurs lächerlich vorkamen. Aus Rache hatte er ihr liebstes Sextoy gemopst, um ihr die Trennung schwerer zu machen.

Fabrizio hat noch nie ein Buch zu Ende gelesen. Das sagt er immer wieder scherzhaft bei Trinkgelagen mit seinen Freunden, die ihm Rockmagazine schenken. Stattdessen strukturiert die Musik seine Tage, und wenn eine zu heftige Wut in ihm aufsteigt, kann ihn nur Musik beruhigen. Heute ist er traurig, er dreht die von ihm selbst angeschlossenen Boxen auf Anschlag. Mit geschlossenen Augen hört er Pink Floyd, lässt sich in der Musik treiben und vom Gitarrensolo in *Learning to Fly* hypnotisieren. Eine Reise, eine Liebkosung. Diese Zwangstrennung wird mit seinem Schwager und ein paar Kumpels schneller vorübergehen.

Hunderte Kerle werden verlassen. Aber nein, es muss ausgerechnet Fabrizio treffen, murmelt Paul im Zimmer *Carambar*. Er weiß nicht, wie lange er diesen neuen Nachbarn erträgt, den Toningenieur, der scheinbar nicht weiß, dass man die Lautstärke auch herunterregeln kann. Er selbst ist ganz gesittet hier eingezogen. Beim Betrachten seiner ordentlich aufgereihten Habseligkeiten spielt sich wie in Endlosschleife die Messer-Szene vor seinem inneren Auge ab. Bevor er nähere Bekanntschaft mit dem Blumentopf machte, konnte er einige Dinge, an denen er hängt, in einen Rucksack stopfen: einen Teppich, sein Kopfkissen, das Satinlaken, einen erotischen Roman aus Japan und eine parfümierte Kerze.

Luxus, Ruhe und Wollust anstelle von tiefen Bässen.

Weil ihn der Lärm von nebenan nervt, will er an die Tür seines abgestumpften Nachbarn klopfen und ihn zur Ruhe mahnen. Beim Rausgehen sieht er sein Gesicht im Spiegel und ist nicht begeistert. Wenn er nicht verführen kann, fühlt er sich hilflos, wie zerknittert.

Fabrizio öffnet ihm, Paul tönt *Money* entgegen. Fabrizio lächelt Paul an und sagt, er sei seit seinem fünfzehnten Lebensjahr Fan der Gruppe. Das Gespräch wird von Simon unterbrochen. Er schafft es nicht, den Rauchmelder, den er beim Nudelkochen ausgelöst hat, auszustellen, und bittet um Hilfe.

# 7

Ein Lieferant stellt ein riesiges Paket vor der Schule ab. Madame Gillou schleicht sich hinter ihm hinein, mit Tippelschrittchen wie eine kleine, putzige Maus in bunter Kleidung. Seit Tagen schon verfolgt sie das Kommen und Gehen ihrer Nachbarn. Nun hat sie die Möglichkeit, ihre Vermutungen mit der Wirklichkeit abzugleichen.

Paul entdeckt den Karton und lächelt. Marjolaine hat sich beruhigt und lässt ihm – drei Wochen nach der Trennung – als Friedensangebot seine Sachen zukommen. Das ist ganz bestimmt für ihn.

»Meine Frau schickt mir meine Hemden. Endlich!«

Er öffnet die Kiste. Max, Simon und Fabrizio warten gespannt. Sie ist leer.

»Da liegt ein Umschlag auf dem Boden«, sagt Madame Gillou. »Er ist an den … *Bebrillten Sexsüchtigen* adressiert.«

»Wer soll das sein?«, fragt Fabrizio.

Max und Simon beobachten Paul. Er nimmt den Umschlag und zieht ein Stück Papier heraus.

*An den Mann, den ich liebte.*

*Du bemerkst sicher, dass ich in der Vergangenheit schreibe.*

Er hebt den Kopf.

»Das fängt nicht gut an. Klingt nicht nach einem Versöhnungsbrief.«

Er liest weiter laut vor.

*Keine Angst, ich habe nichts kaputt gemacht, alles ist zusammengepackt. Und weil ich weiß, dass du gern auf Schatzsuche gehst, habe ich mir etwas ausgedacht. Deine geblümten, gepunkteten und karierten Hemden habe ich dort verteilt, wo wir uns kennengelernt haben. Ich habe mir nicht die Mühe gemacht, sie zu zerschneiden oder sie mit Kleber zu verschandeln. Ich habe sie aber auch nicht gebügelt. Deine engen Slips habe ich dort hingelegt, wo du zum ersten Mal zu spät gekommen bist, mit einer Miene wie die Katze, die gerade den Kanarienvogel gefressen hat. Der ganze Rest, wie zum Beispiel deine Uhrensammlung, mein Ehering und die Bilder unserer zwanzig gemeinsamen Jahre, befindet sich dort, wo du mir einen Heiratsantrag gemacht hast. Viel Spaß, Tarzan. Bewahre dir deine berühmte Leichtigkeit und hüpfe von einem G-Punkt zur nächsten akrobatischen Stellung!*

»Sollen wir dir helfen, die Sachen einzusammeln?«, schlägt Max vor.

»Lass mal! Es wird nichts mehr da sein, hier, das PS: *Ich habe überall ein Schild für die Passanten hingelegt: Zu verschenken.*«

Fabrizio pfeift anerkennend und sagt: »Krass, Alter, deine Frau ist kreativ!«

»Wo war denn das erste Treffen?«, hakt Simon nach.

»An der Fontaine Saint-Michel.«

»Und wo hast du dein erstes Lügenmärchen erzählt?«

»An der Porte de Clignancourt.«

»Und wo hast du ihr den Heiratsantrag gemacht?«

»In der Bahn zur Sacré-Cœur.«

»Keine Sorge, ich kann dir T-Shirts leihen«, sagt Fabrizio. Er zieht an seinem eigenen, damit der Aufdruck *Girl Power* besser zu sehen ist. Madame Gillou macht sich diesen kurzen Augenblick der Unentschlossenheit zunutze, um mitzuteilen, was sie umtreibt.

»Hier gibt es keine Frauen. Und dieser Brief bestätigt meine Beobachtungen. Was für eine Verschwendung! So hübsche Jungs … Man muss es sehen, damit man es glaubt. Ich persönlich könnte nicht ohne Testosteron auskommen. Ich habe immer Liebhaber gehabt. Dafür ist man nie zu alt.«

Sie wird am nächsten Abend wiederkommen und flirten, sie mustern wie Tomaten auf dem Markt. Sie weiß nicht, mit wem sie anfangen soll, und damit sie länger etwas von der Vorfreude hat, zögert sie ihre Wahl hinaus. Sie kommt wieder.

Paul sagt nichts und zerreißt den Karton. Marjolaines Streich hatte den erwünschten Erfolg. Sie grinst bestimmt zwischen zwei Übungen bei ihrem Gymnastikkurs um siebzehn Uhr. Wider Erwarten erregt ihn das.

Jeder schnappt sich ein Stück Karton, um es in den Schuppen zu tragen. Max bewahrt dort Holzscheite und Kleinholz auf. Langsam und ohne ein Wort schreiten sie dahin, eine Prozession zu Ehren des Begräbnisses von Pauls Leben als verheirateter Mann. Simon bemerkt die sorgfältig gestapelten Reisigbündel. Egal, was auch passiert, sie werden den Winter im Warmen verbringen, lauter verlassene Männer. Wer hätte gedacht, dass eines Tages ein mexikanisches Haustier mit Fell, zweiunddreißig Zentimeter lang inklusive Rute, sein Leben derart verändern würde?

»Verlassen zu werden, hat auch etwas Gutes«, sagt Fabrizio. »Wenn man es positiv sieht, durchtrennt man damit ein Seil, man begibt sich auf Reisen, hisst die Segel und nimmt Geschwindigkeit auf …«

Überrascht von diesem lyrischen Ausbruch, verharren Max und Paul nachdenklich. Der Sommer geht langsam zu Ende, ihre Frauen sind verschwunden. Es bleibt ihnen bloß die Freundschaft, um ihre Enttäuschung zu lindern.

Sie gehen wieder in den Hof.

Fabrizio zeigt auf ein Fenster und ruft: »Wollen wir nicht noch jemanden für das freie Zimmer suchen? Findet ihr es nicht schade, dass es leer steht? Überlasst das mir, ich kümmere mich darum.«

Paul hat keine Lust auf noch einen weiteren Mitbewohner, er ist schon nicht begeistert von Fabrizios und Simons Anwesenheit. Er will mit Max allein sein. Er schaut seinen Freund an, aber der hebt hilflos die Hände.

Simon bricht in lautes Gelächter aus. Max nicht. Nur Louise zuliebe hat er diesen komischen Kauz bei sich aufgenommen.

## 8

*Sie sind gerade verlassen worden? Sie glauben, dass Sie immer alles richtig machen, schaffen es aber nie, eine Frau zu halten? Sie haben unendlich viele Fragen? Wir bieten Ihnen eine völlig neue Erfahrung. Werden Sie Teil der Männerschule und lernen Sie, die Frauen von heute besser zu verstehen. Entdecken Sie, worin sich die Wünsche von Männern und Frauen unterscheiden, gewinnen Sie wieder Selbstvertrauen und finden Sie Ihr Glück – ob mit oder ohne ein weibliches Wesen. Schicken Sie Ihre Bewerbung an: bewerbung@maennerschule.com*

Fabrizio hat nachgedacht, getippt, alles wieder gelöscht, und dann hat er den Text in einem Rutsch niedergeschrieben. Mit der Tesafilmrolle in der Hand hat er die Annonce in Geschäften im Viertel, in seinem Fitnessstudio sowie allen Zeitungskiosken aufgehängt. Innerhalb von drei Tagen hat er etwa vierzig Zuschriften bekommen. In fünf Minuten wird er dem ersten Kandidaten gegenübersitzen. Fabrizio hat sich einen Tisch ganz hinten im Bistro gesucht, abseits vom Stimmengewirr der anderen Gäste und dem Lärm aus der Küche, er beobachtet die belebte Straße. Sie ist ganz anders als die ruhige Sackgasse der Schule mit ihren vielen Bäumen. Ein Blumenhändler, ein Weinladen und innerhalb von zwanzig Metern zwei Bäckereien, deren Inhaber immer ein Lächeln auf den Lippen haben. Die Terrasse der Bar-Tabac ragt auf den engen Bürgersteig, dort genießen die Raucher morgens ihr Zigarette-und-Kaffee-Frühstück. Dann stürzen sie sich in den Verkehr, als gäbe es keine Fußgängerüberwege und Ampeln.

Überall in der Stadt laufen verlassene Männer herum und kein Wort davon in den Nachrichten. Jeder schreibt seine eigene Geschichte. Jeder versucht, wieder auf die Beine zu kommen. Die Aussicht auf ein Zimmer in dieser Schule, die gerade renoviert wird, bietet ihnen einen Hoffnungsschimmer. Ein mehrfach Geschiedener. Ein Singlemann, der nicht weiß, warum er schon seit fünf Jahren allein ist. Ein besonders hartnäckiger Typ, der sogar auf einem Sofa schlafen würde oder in einer Hängematte auf dem Hof. Man könnte zweifelsohne eine Telefon-Hotline für in Not geratene Männer einrichten. Aber Fabrizio kann nicht allen helfen.

Unter Männern wie dem grandiosen Gehörnten, der seinen Zorn herausschreit, und dem witzigen guten Kumpel, der stets in der Friendzone landet, will er einen ausfindig machen, der zu ihrer Truppe passt – einem Koch, einem Handwerker, einem Aufschneider und einem tätowierten Animateur.

Mit den fünf ausgewählten Kandidaten hat er Termine im Dreißig-Minuten-Takt vereinbart. Seine Wohngenossen arbeiten, er wird keinem von ihnen über den Weg laufen. Lucien benimmt sich wie bei einem Casting und gibt eine auswendig gelernte Tirade zum Besten. Lucienne, seine Mutter, stehe ihm sehr nahe. Und seine Freundinnen hielten diese symbiotische Beziehung nicht aus. Next! Der Zweite kneift, die beiden anderen überzeugen ihn nicht.

Der Letzte an diesem Vormittag verspätet sich. Der Kellner zwinkert ihm zu. Nach drei Kandidaten nimmt er wohl an, Fabrizio würde sich mit Männern von Internet-Datingseiten treffen. Ein Typ wie ein Rugby-Spieler betritt das Bistro. Er entdeckt den winkenden Fabrizio, schlängelt sich zwischen den Tischen durch und lässt sich auf den Stuhl fallen. Er hat angegeben, vierundfünfzig zu sein, wirkt aber viel jünger. Er war einmal computerspielsüchtig, ein Informatiker im Anzug mit zerknitterter Krawatte. Fabrizio vermutet, dass der zerzauste Wuschelkopf und der vernachlässigte Bart nichts mit Ästhetik zu tun haben. Zwei Längsfalten auf der Stirn, vom Haaransatz bis zur Nasenwurzel. Zwei parallele, identische Linien. Wahrscheinlich prophezeien sie schon lange einen Ausbruch, wie Risse vor einem Erdbeben. Sein Brief hat Fabrizios Aufmerksamkeit erregt. Dieser Mann konnte sich nicht gut verkaufen, aber die letzten Worte hatten schließlich den Ausschlag gegeben: *Ich irre ziellos durch ein Chanson von Bashung.*

Leicht verschüchtert und erschöpft antwortet er auf Fabrizios Fragen.

»Wo haben Sie die Annonce gesehen?«

»Beim Metzger.«

»Warum haben Sie sich gemeldet?«

»Meine Gattin hat jemanden kennengelernt. Alles, was wir in letzter Zeit miteinander geteilt haben, das Lachen, die Blicke, war nur eine Lüge. Die Vergangenheit ergibt keinen Sinn mehr. Die Zukunft noch weniger. Ich weiß nicht, was ich brauche, aber Ihre Annonce hat mich angesprochen, ich habe mich in dem Text wiedererkannt. Eigentlich widern mich die Frauen an, ich habe jegliches Vertrauen verloren. Ich bin auf der Suche nach einer Unterkunft. Der Papierkram, den man dafür braucht, wird eine Weile dauern. Im besten Fall.«

Er will keine Einzelheiten erzählen. Obwohl sie bei »ihrer Bekanntschaft« wohnt, will Théo nicht nach Hause zurück. »Nach Hause« gibt es für ihn nicht mehr. Er hat von ihrer Untreue durch eine E-Mail erfahren, die nicht an ihn gerichtet war. Seit Monaten lügt sie ihn an. Er ist sich sicher, dass Françoise *es* in ihrem gemeinsamen Bett gemacht hat, daran muss er die ganze Zeit denken. Er hat drei Kilo abgenommen, seine Hose rutscht. Er kann weder essen noch schlafen. Alt, hässlich und dämlich.

So belastet, ist er selbst zur Last geworden, schleppt einen Koffer von einem Gästezimmer zum nächsten. Er hat keine Lust, sich irgendwo einzunisten. Aber es ist ermüdend, ständig woanders zu schlafen. Bei seiner Cousine im Banlieu war er in der dritten Etage eines Hauses von enormen Ausmaßen untergebracht. Alles war penibel ordentlich, er traute sich kaum zu atmen; vor lauter Angst, das Bettlaken zu zerknittern, lag er in dem viel zu engen Bett, die Arme fest an den Körper gepresst. Beim Frühstück hatte er den Eindruck, mit Fremden am Tisch zu sitzen. Der Mann seiner Cousine las Zeitung. Sie sprach ins Leere, ohne eine Antwort zu erwarten. Sie hatten ihre Gewohnheiten, ihr Müsli, ihr Schweigen. Beim Abschied um acht Uhr morgens hat sie ihn nicht gefragt, wo er abends schlafen würde. Sie hat ihm nicht vorgeschlagen zurückzukehren. Nur ein kurzer Besuch, dessen Dauer zuvor genau festgelegt worden war. Er hat sich bei ihr bedankt. Die Unterkunft war angenehmer gewesen als sein winziges Auto. Eine Stunde, nachdem er diesen seelenlosen Ort verlassen hatte, ist er auf die Annonce gestoßen.

Er muss Fabrizio einfach erzählen, dass er einmal in seinem Auto geschlafen hat. Nachdem er sich ewig herumgewälzt hatte, um eine einigermaßen bequeme Position zu finden, war er endlich eingenickt, da rissen ihn das Bellen eines Hundes und ein Klopfen an die Scheibe aus dem Schlaf. Zerzaust stieg er aus, mit Ringen unter den vor Müdigkeit geröteten Augen. Ein Polizist stand vor ihm, der ihn gebührenpflichtig verwarnte, bevor er ihm die Adresse einer Notunterkunft gab.

»Ich weiß nicht, was ich will, wohin ich gehen soll und wie mein zukünftiges Leben aussehen könnte.«

Alles hört sich falsch an. Françoises Seitensprung hat die »Normalität« zerstört. Ihm wurde alles genommen, ihm bleibt nur noch die Gegenwart, hier, am Tisch gegenüber dem tätowierten Bodybuilder.

Théo möchte Mitgefühl, dabei ist er doch gerade in einem Vorstellungsgespräch. Mit den anderen Männern würde er sich in unbekannte Gefilde begeben. Gibt es für ihn noch einen Raum, wo er sich entspannen und loslassen kann?

Er trinkt den letzten Schluck seines Espressos und flüstert: »Ich bin am Ende.«

Dieser verletzte Mann kann sich mündlich nicht besser verkaufen als schriftlich. Er spricht – ganz anders als seine Vorgänger – frei von der Leber weg, und das rührt Fabrizio. Das unterscheidet ihn von den komischen Stoffeln, die ihre Trauer nicht zeigen können.

Nachdem Théo bezahlt hat, blickt er auf die Uhr. Er fürchtet sich vor der Entscheidung.

»Und, würde ich zu euch passen?«

Fabrizio erinnert sich an seine Prüfungen, den Augenblick fieberhafter Anspannung vor der Bekanntgabe der Ergebnisse.

»Du hast den Platz.«

# 9

Fabrizio sagt, der Neue werde keine Probleme machen. Simon, Paul und Max mustern den unbekannten Eindringling mürrisch. Der Koffer dieses Mannes hat schon bessere Zeiten erlebt. Paul schüttelt ihm fest die Hand. Simon lächelt ihn an. Max runzelt die Stirn. Fabrizio führt sich auf, als würde die Schule ihm gehören, er stellt sie vor vollendete Tatsachen.

»Du kannst das Zimmer *Caran d'Ache* nehmen. Simon zeigt es dir.«

Die Schule ist nun voll belegt. Théo muss zum Abendessen erscheinen, da führt kein Weg dran vorbei. Sein Anwerber hat fünf riesige Margaritas bestellt. Seine Mitbewohner am Tisch wirken auf ihn wahllos zusammengewürfelt. Am Ende des Vorstellungsgesprächs hatte Fabrizio erzählt, was die anderen in die Schule verschlagen hat. Was alle verbindet: Hier finden sie Ruhe vor den Turbulenzen. Sie haben schon zwei Flaschen Wein geleert. Das Gespräch dreht sich um den Rugby-Weltcup, es ist noch nicht ganz sicher, dass Frankreich daran teilnehmen kann, obwohl es dreimal gegen Wales gespielt hat.

Paul fragt ihn: »Und, Théo, wie fühlst du dich?«

In dem fast nackten Zimmer mit den weißen Wänden hat er einfach sein Gepäck auf eins der beiden Einzelbetten gelegt. Er hatte nicht genug Energie, es noch zu verstauen. Allein der Gedanke daran, einige Zeit nicht mehr umziehen zu müssen, besänftigt ihn. Dass man ihn in Frieden lässt.

»Nicht mehr so schlecht, danke.«

Keinesfalls wird er irgendwelchen Fremden anvertrauen, dass ihn seine Frau für eine sehr viel jüngere andere Frau verlassen hat. »Ich will endlich mal bis zum Äußersten gehen«, hatte Françoise erklärt, als sie es ihm mitteilte. Was hat sie den Kindern erzählt? Er hat immer noch nicht den Mut aufgebracht, sie anzurufen.

Sich selbst hingegen sieht Théo verbittert alt werden. Früher hat er sich im Spiegel gefallen. Nun ist er grauhaarig, schlapp, gebrandmarkt und schaut sowieso nicht mehr in den Spiegel.

Er hatte seit achtundvierzig Stunden keinen Ständer mehr. Kann er es überhaupt noch? Das ist ihm noch nie passiert. Sein Körper reagiert doch sonst schon auf einen Werbespot für Haarshampoo. Früher musste er nur an Françoise denken und bekam eine Erektion. Nun ist da nichts mehr. Nicht einmal mehr am Morgen. Er stellt den Kragen seines Pullis auf. Ihn fröstelt, obwohl die späten Septembertage ausgesprochen mild sind.

Nachdem Fabrizio seine und den Rest von Simons Pizza hinuntergeschlungen hat, dreht er einen Stuhl um und setzt sich verkehrt herum drauf. Er nimmt eine Tube aus der Tasche, legt seine Unterarme auf die Rückenlehne und trägt Feuchtigkeitscreme auf, weil er stets darauf bedacht ist, dass seine Tattoos sich deutlich und leuchtend abheben. Er verstaut die Tube wieder und wendet sich an Théo.

»Wir pennen alle hier, weil wir total aufgeschmissen sind …«

Paul unterbricht ihn.

»Aufgeschmissen? Wir wollen's mal nicht übertreiben.«

»Ich bin euch um eine Nasenlänge voraus«, beharrt Fabrizio. »Ich weiß inzwischen, wie man da wieder rauskommt, und ich werde euch coachen, ihr Glücklichen! Nutzen wir diesen sicheren Raum. Hier sind wir unter uns, können unsere Schwächen, unsere Irrtümer ungeniert besprechen und unser Gleichgewicht wiederfinden.«

»Es ist schon spät«, seufzt Max. »Wenn du dich langweilst oder falls du zu viel Energie hast, kannst du ja einen Quadratmeter Tapete abkratzen!«

»Ein Beziehungslabor! Mein Projekt ist einfach, weder kämpferisch noch geheimnisvoll, noch verkopft: Ein Initiationsritus, allerdings ohne Stammestänze – wobei, so was würde euch womöglich guttun! Da kann man mal so richtig aus sich rausgehen.«

»Ich bin nur hier, damit ich meine Ruhe habe und vor japanischen Küchenmessern in Sicherheit bin«, bemerkt Paul.

»Am Sonntag gehen wir laufen«, verkündet Fabrizio abschließend. »Friede mit denen, die früh aufstehen.«

Das Versprechen wird gehalten. Am folgenden Sonntag scheucht Fabrizio die ganze Bande in den Jardin du Luxembourg. Paul hätte nicht gedacht, zu derart früher Stunde so vielen Frauen – mit und ohne Kinderwagen – über den Weg zu laufen. Er wird allein noch einmal wiederkommen, mit seinem Notizbuch und in einem Outfit mit mehr Sex-Appeal. Der gelbe Trainingsanzug, den Max ihm geliehen hat, gefällt ihm nicht. Jede einzelne Frau macht ihn verrückt: Blonde, Brünette, Große, Kleine, Schlanke, Rundliche ... Joggen oder verführen? Er muss sich entscheiden.

Fabrizio erteilt Anweisungen: »Lauft am Gitter entlang. Die Runde ist zwei Kilometer lang, und so habt ihr keine abrupten Kurven.«

Sie laufen los, Fabrizio an der Spitze. Jeder hält sich auf seine Weise an die Anweisungen. Max bekommt ganz schnell Seitenstechen. Simon atmet tief, bis ein Pudel mit hungriger Miene auf seine Waden zuläuft, dann legt er einen Zahn zu. Paul lässt den Blick über die Mädchen schweifen. Théo kommt Max' Schwäche zugute, so übernimmt er sich nicht.

Nach vier Runden entfernt Paul sich von der Gruppe, um einen Sprint hinzulegen. Er unterbricht sein Rennen am Rande des Brunnens neben der Orangerie und wartet darauf, dass er wieder zu Atem kommt.

»Gute Idee, lasst uns hier Pause machen«, sagt Fabrizio.

Théo lehnt sich an den Stamm einer Platane. Sein schneller Herzschlag erinnert ihn daran, dass er alt wird, furchtbar alt. Simon und Max dehnen sich auf der Wiese gegenüber dem schmiedeeisernen grünen Stuhl, auf den sich Fabrizio gerade gesetzt hat.

»Ich habe gründlich darüber nachgedacht. Ich bin überzeugt, dass meine Methode das Richtige ist.«

Paul brummt: »Geh uns nicht wieder damit auf den Zeiger!«

»Lass mich doch ausreden. Unser Ziel ist eine amouröse Sphäre, in der Männer und Frauen harmonisch zusammenleben.«

Skeptisches Schweigen von Max und Paul. Théo fragt sich, warum sie alle diesem aufgeregten Mann mit Guru-Allüren gehorchen. Eine harmonische amouröse Sphäre? Und dann? Er erstarrt. Dort in der Allee sieht er Françoise mit einer Frau. Die Person dreht sich um, sie ist es nicht.

Fabrizio spricht weiter.

»Wir arbeiten mit Gefühlsökologie. Zunächst beobachten wir, was unsere Beziehungen vergiftet.«

Théo klammert sich an das moralisierende Geschwätz von Fabrizio. Besser dem tätowierten Mann zuhören, als in jeder Frau, die hier spazieren geht, Françoise zu erkennen. Seitdem sie ihn verlassen hat, sieht er sie überall. In Cafés. In Taxis. Sogar auf Werbeplakaten in der Metro.

Max seufzt.

»Wie lautet dein Wundermittel?«

»Zielgerichtete Analyse.«

Simon drückt auf seinem Telefon herum und lauert auf ein Tinder-Match. Die Profile ziehen vorbei wie Gerichte auf einer Speisekarte.

Fabrizio ergreift die Gelegenheit beim Schopf: »Simon! Vielleicht fängst du mit einem Digital Detox an … Zwei Stunden pro Tag ohne Bildschirme jeglicher Art! Dasselbe gilt auch für die anderen. Keine Handys bei den

Mahlzeiten und bei unseren Treffen. Wir schauen uns an. Wir reden miteinander.«

Diese Anweisung bringt Paul in Rage: »Ich kann gut nachvollziehen, dass sich eine Frau bei einem Typen wie dir vom Acker macht. Du hast doch keine Ahnung, was wir durchgemacht haben.«

Fabrizio spricht weiter, als hätte er nichts gehört.

»Erster Schritt: eine einfache Bilanz. Nehmt euch die Zeit und denkt nach ... Was haltet ihr von eurer Beziehung, wie war sie morgens, mittags, abends, in den Ferien? Wie war die Dynamik? Worauf basierte euer Alltag in diesem Jahr? Und währenddessen einen Monat lang keinen Kontakt zu den Exen!«

»Einen Monat lang!«, ruft Max aus. Louise wird zurückkommen, wenn sie eben zurückkommt.

Simon sprüht nur so. »Was ist das für ein Szenario? Fritzchen in der Schule? Fünf Männer? Eine Freundschaft unter Losern?«

Fabrizio trinkt drei große Schlucke Wasser. Er antwortet nachdrücklich: »Wir sind die Baumeister unserer Zukunft. Los, Freunde, sprecht mir nach!«

Er richtet sich auf und betont jede Silbe: »Ich bin ein Mann. Ich bekomme einen Ständer, also bin ich. Ich denke, also lebe ich.«

Zufrieden steckt er sein Telefon weg, und ohne sich mit den konsternierten Gesichtern seiner Kumpel aufzuhalten, schlägt er vor, auf dem Rückweg langsam den Quai entlangzutraben. Die Strecke ist beruhigend. Das Seineufer wurde umgestaltet, im sanften Sonnenschein läuft die Truppe mit Schwung weiter.

Fabrizio macht das Schlusslicht und ist überzeugt davon, dass seine Ansprache ihnen Auftrieb verliehen hat. Die Ideen werden sich ihren Weg bahnen. Vielleicht wird er keinen Marathon laufen, aber er ist Teil einer eingeschworenen Gemeinschaft geworden, die die Beziehungen zwischen Männern und Frauen revolutionieren wird. Nun müssen sich daran nur noch ganz viele Menschen ein Beispiel nehmen, dann wird daraus ein wunderbar positives Schneeballsystem.

Ich bekomme keine Erektion, also bin ich auch nicht, denkt sich Théo. Meine Jugend liegt hinter mir. Max haben Läufe und Machtübernahmen noch nie gefallen. Er spürt, dass er zwischen dem großen und dem zweiten Zeh eine Blase bekommt. Heute Abend nach dem Essen wird er ihnen erklären, dass das Abenteuer hier endet. Er will sich lieber auf sein Projekt konzentrieren und seinen Unterricht vorbereiten. Allein. Louise wird ganz sicher ihre Meinung ändern. Dann kann das neue Leben endlich anfangen.

Alle Männer ziehen ihre schmutzigen Sportschuhe am Eingang der Schule aus. Fabrizio stellt sich mitten auf den Pausenhof und ruft: »Und nun habt ihr Pause, Jungs.«

Der Satz gibt den Sonntagsläufern den Rest.

# 10

Selten essen sie alle gemeinsam. Paul geht in regelmäßigen Abständen mit seinen Kindern essen, zumindest sagt er das. Simon macht Überstunden am MRT. Fabrizios vielfältige Jobs bescheren ihm äußerst unregelmäßige Arbeitszeiten. Trotz dieser Schwierigkeiten haben sie verabredet, mindestens einen Abend pro Woche zu fünft zu verbringen. Dazu kommen, je nach Lust und Laune, ein Filmabend, ein Fußballmatch oder ein Pokerabend. Manchmal erscheint Max die alte Schule wie die Pension seiner Träume. In solchen Augenblicken der Vertrautheit weiß er die Anwesenheit der anderen zu schätzen. Und an diesem Abend, an dem einmal nicht in letzter Minute Pizza bestellt wurde, lässt er sich Simons gepökelten Schweinebauch mit Linsen schmecken. Er verschiebt die Entscheidung, alle vor die Tür zu setzen. Nach dem Essen steht Kino auf dem Programm. Sie haben eine gemeinsame Passion für Tarantino entdeckt.

Der Film hat ihnen gut gefallen, sie haben den ganzen Rückweg lang darüber gesprochen. Als sie wieder in der Schule sind, gehen Fabrizio und Simon ins Bett; Max,

Paul und Théo sitzen noch zu dritt am Tisch, und die Unterhaltung nimmt eine intime Wendung. Paul erzählt von seiner ersten sexuellen Erfahrung. Max kennt die Geschichte auswendig und findet es unterhaltsam, dass sie jedes Mal ein wenig anders klingt.

»Ich bin auf dem Weg zur Erstkommunion meines Neffen, ausstaffiert wie ein Mylord. Das Mädchen mir gegenüber im Bus weint. Ich reiche der Kleinen mein Seidentaschentuch. Mit tränenverschleiertem Blick bedankt sie sich. Ich biete ihr meine Hilfe an. ›Nehmen Sie mich mit‹, flüstert sie. Wir steigen beim nächsten Halt aus, gehen schweigend zu meiner Wohnung, steigen die drei Etagen hoch …«

Max schenkt noch einmal nach. Paul ist so richtig in Fahrt.

»Wir haben es getrieben wie die Karnickel. Dann, während ich telefoniert habe, um Bescheid zu sagen, dass ich zu spät zur Kommunionsfeier komme, ist sie verschwunden. Mein Taschentuch hab ich nie wieder gesehen. Ich habe weder erfahren, warum sie geweint hat, noch, wie sie hieß. Wenn ich an sie denke, bekomme ich einen Ständer. Seitdem bin ich den Frauen verfallen.«

Wenn ihm in der Metro Frauen über den Weg laufen, stellt er sie sich unter ihren Kleidern nackt vor. In seinen Fantasien behalten sie eine Mini-Handtasche, einen Rucksack oder einen Regenschirm an. Sie laufen durch die Gänge. Sie rennen zu den Bahnen. Haben nicht die geringste Ahnung, welche Show sie Paul da bieten.

»Frauenkörper faszinieren mich, die enorme Vielfalt der Möglichkeiten lässt mich erbeben. Mein Leben wird vom Verlangen bestimmt, und ich habe Angst vor dem Verlangen. Das Schlimmste wäre: Ein Mädchen zu begehren, es zu verführen, sich zu verlieben – und zwei Jahre später ist das Verlangen weg. Ich bin überzeugt, dass Männer auf Polygamie gepolt sind.«

Théo schließt die Augen. Er wandert zwischen Pauls Ausführungen und seinen eigenen Gedanken hin und her. Françoise hat sich mit einer Frau vom Acker gemacht. Einer Frau! Warum bloß mit einer Frau? Wie frustriert musste sie sein, um lesbisch zu werden?

Paul fährt mit seinem Vortrag fort.

»Wir sind keine Mönche. Wir müssen den Frauen die Tore der Schule öffnen, sonst werden wir uns bis in alle Ewigkeit einen runterholen!«

Als Jungs haben sie alle bei jeder Gelegenheit masturbiert. Entdeckung, Erforschung, Verheißung: Heute fühlt es sich an wie eine Strafe, auf diese eine Variante reduziert zu werden.

»Einmal hat mich meine Mutter überrascht. Sie hat mir eiskaltes Wasser über die Hand geschüttet und geschrien: ›Davon wird man taub!‹ Dabei wäre ich eher von ihrem Geschrei taub geworden.«

Théo ist erstaunt über dieses erste intime Geständnis gegenüber seinen neuen Mitbewohnern. Max hakt ein.

»Als ich noch ein Knirps war, hab ich zum Einschlafen an mir herumgespielt. Eines Nachts dann die Offenbarung: Der Greifring wurde zu einem außergewöhnlichen Spielzeug.«

Paul macht weiter.

»Mein Cousin hat mich eingeweiht. In Bénodet. Mein Vater war angeln, meine Mutter am Strand, und er hat mich gefragt, ob ich es mir schon mal gemacht habe. Bei meinem ahnungslosen Blick ist er in schallendes Gelächter ausgebrochen. Er hat mir seine Technik erklärt. Er hat ein Lineal aus der Schublade genommen und sein erigiertes Glied gemessen. Dann hat er gesagt: ›Jetzt machen wir einen Schwanzvergleich.‹«

»Wer hat gewonnen?«, ruft Max.

»Das wüsstest du wohl gern, kleiner Wolf!«

Max entkorkt noch eine Flasche Wein. Sie erinnern sich an Wäschekataloge, den *Playboy*, Videokassetten, den verschlüsselten Canal+ und die erotischen Träume, in denen sie die Freundinnen ihrer Mütter auszogen. Théo erinnert sich ans Masturbieren hinten in der Klasse, an Sitzungen mit seinen Brüdern, aufgereiht wie die Soldaten, die kollektive Erregung, wenn alle fertig waren, der Jüngste schoss ein Polaroid von ihren Onaniersitzungen. Zu jener Zeit gab es nichts Natürlicheres als einen Ständer. Wie Anwärter auf den Meistertitel notierten sie sich die Anzahl der täglichen Masturbationen und versuchten, einen Rekord zu brechen. Dabei war es zu zweit viel besser. Und jetzt verduftete Françoise mit einer anderen. Er reißt sich aus seinen Überlegungen und legt los.

»Ich war siebzehn Jahre alt. Das Au-pair-Mädchen hat mir alles beigebracht. Das Streicheln, das Warten, den Höhepunkt ... Sie hat mir geraten, mich nicht zu verlieben. Für sie kam es nicht infrage, Lust und Liebe miteinander zu verwechseln. Und du, Max, dein erstes Mal?«

»Louise«, sagt Max ganz sanft.

Er steht auf, und bevor er durch die Tür ins Wohnzimmer geht, fügt er hinzu: »Seit einigen Jahren machen wir es nicht mehr so oft, aber ich liebe sie wie am ersten Tag. Jeder Bereich ihres Körpers erregt mich noch immer wie damals mit fünfzehn.«

Der zarte Augenblick bringt Théo dazu, den anderen mitzuteilen, wofür er zuvor noch nicht bereit war.

»Françoise hat mich für jemand anderen verlassen … Und dieser Jemand ist eine Frau.«

# 11

Fabrizio kommt voller Tatendrang von seinem nächtlichen Ausflug zurück. Um 22.22 Uhr hatte Saskia ihm eine Nachricht geschickt: *Ich hab unheimlich Lust, dich zu küssen.* Er hatte niemanden eingeweiht und eine Vertretung in letzter Minute vorgeschoben. Er selbst hat die »Einen Monat lang keinen Kontakt«-Regel eingeführt. Er würde der Erste sein, der sie bricht. Die lange Funkstille hatte ihr Wiedersehen in einem Hotelzimmer umso intensiver gemacht. Sie hatten alles vergessen: den Heiratsantrag, die Schule, die Herausforderungen im Haushalt. Sie hatten die rätselhafte Anziehung wiedergefunden, die sich entzündete, sobald sie einander streiften. In solchen Augenblicken wurde Fabrizio ganz er selbst. Meilenweit entfernt von seiner üblichen Rolle, halb Clown, halb Besserwisser.

Er pfeift auf dem Heimweg. In Kürze darf er wieder nach Hause. Sie kann nicht ohne ihn.

Als er zurück in der Schule ist, lohnt es nicht mehr, sich schlafen zu legen. Er schließt die Boxen an und dreht die Lautstärke auf. Sie müssen alle aus den Federn, heute steht Rudern auf dem Programm. Warum diesen Spätsommersonntag nicht gut gelaunt beginnen?

*Schwermut ist aus der Mode, Glücklichsein, das ist nicht schwer. Es ist ganz leicht, sei einfach glücklich, wann immer du willst, dann wirst du es auch bleiben.*

Um sieben Uhr morgens weckt sie Angèles Gesang. Die Wände wackeln vom Klang des peppigen Popsongs.

Wie immer hat Fabrizio eine sportliche Betätigung ausgesucht. Es wird ihnen allen guttun, weniger zu grübeln. Max hatte die Kletterhalle vorgeschlagen. Simon hatte Einspruch erhoben, er will unbedingt einen Tag an der frischen Luft verbringen. Paul träumt seit seiner Jugend davon, einen Fluss bis zum Meer hinunterzufahren, den Yukon in Alaska oder den Amazonas in Brasilien. Heute wird auf der Seine gerudert. Ein Freund von Fabrizio leitet einen Verein, er hat ihnen ein Boot besorgt.

*Vergessen, einfach alles vergessen.*

*Um dran zu glauben, musst du alles vergessen.*

Madame Gillou beobachtet vom Fenster aus, wie die fünf sich in den Lieferwagen quetschen. Keine Ahnung, wo sie hinfahren. Mit ihnen würde sie auch bis zum Mond fahren.

Sie schließen ihre Wertsachen in den Spind ein.

»Die perfekte Gelegenheit, sein Handy zu vergessen, davon träumen wir doch alle«, stichelt Fabrizio.

Klappe, denkt Paul.

Der Himmel ist leuchtend blau. Am Seineufer verteilt Fabrizio psychedelische Sonnenbrillen.

»Könnt ihr alle schwimmen?«, fragt er.

Sie ziehen die vorgeschriebenen Schwimmwesten an und

versuchen, auf winzigem Raum ihre Beine unterzubringen. Anders als behauptet, hat Paul keinerlei Rudererfahrung. Er verlässt sich auf sein Improvisationstalent.

Nun sitzen sie alle im selben Boot und müssen ihre Bewegungen koordinieren, synchronisieren, aufeinander abstimmen. Fabrizio verzieht das Gesicht. Die kurze Nacht macht ihm zu schaffen. Der Duft von Saskias Parfüm auf seiner Haut berührt ihn auch jetzt noch. Nach fünfhundert Metern bereut er, dass er nicht wenigstens eine Stunde geschlafen hat. Simon hingegen scheint das Licht nur so in sich aufzusaugen.

»Hoch! Vorwärts! Hoch! Zurück!«, skandiert Paul völlig überfordert.

Fabrizio übernimmt: »So wird das nichts! Auf eins, Arme vor und Beine anziehen; auf zwei, Arme anziehen und Beine strecken! Und eins, und zwei! Aufgepasst. Nicht die Ruder gegeneinanderschlagen. Eins, zwei, eins, zwei …«

Fabrizio trällert:

*Vergiss, dass du alles verloren hast.*

*Es ist ganz leicht, sei einfach glücklich, wann immer du willst, dann wirst du es auch bleiben.*

Als ob das alles nicht schon albern genug wäre, stimmen die anderen mit ein; singen können sie auch nicht besser als rudern.

Weitab vom Lärmen der Stadt steht ihnen die Natur offen. Max springt als Fremdenführer ein, sobald er ein Gebäude, einen hundertjährigen Baum oder einen Vierbeiner sieht.

»Könnte sein, dass wir Forellen sehen oder Hechte.«

Alle beugen sich zur Seite.

»Hey, Leute! Nicht alle auf einmal!«

»Max, wir sind hier nicht in der Schule!«, knurrt Paul.

»Vielleicht begegnen wir sogar Wildschweinen oder Rehen.«

Bisher sind ihnen mehr Lastkähne als Wildtiere begegnet.

Sie werden von einem Achter in voller Fahrt überholt. Acht Frauen. Als sie sehen, wie schnell das Boot an ihnen vorbeizischt und mit welch extremer Präzision die Rücken der acht Ruderinnen sich vorbeugen und wieder aufrichten, verlieren die Männer ihr bisschen Tempo und kommen gefährlich ins Schwanken.

»Wenn man nicht synchron ist, wird's nichts«, diagnostiziert Simon.

»Wie im echten Leben«, schreit Fabrizio aus vollem Hals.

Wenn eine Beziehung ein derartiges Maß an Konzentration und Selbstbeherrschung erfordert, damit man vorwärtskommt, fragt sich Paul, wo bleibt da der Spaß?

»Haltet mal an dem Steg! Ich muss pinkeln!«, ruft Simon.

In regelmäßigen Zügen vorwärtszugleiten ist nicht gerade einfach. Anhalten ist noch komplizierter. Sich einer nach dem anderen aus dem Boot herauszuwinden, ohne zu kentern, ist eine wahre Heldentat.

Während sie auf Simon warten, gibt Fabrizio Unterricht. Er sitzt auf dem Steg und macht auf dem Trockenen die rhythmischen Bewegungen vor. Max setzt sich hinter ihn, Paul und Théo folgen bald. Sie führen in der Luft aus, was Fabrizio vorgibt. Simon kommt dazu und reißt das Handy hoch, er hatte es in der Hosentasche versteckt.

»Diesen Anblick muss ich verewigen!«

»So, ihr Dickerchen! Alle Mann an Bord, bis hierher war alles nur Aufwärmen!«

Sie haben ihren Rhythmus gefunden, ziehen das Tempo an. Ein paar Meter legen sie vollkommen synchron zurück. Es ist ein angenehmes, fast schon sinnliches Geräusch, wenn die zehn Ruder eintauchen und das Boot durchs Wasser gleitet. Mit jedem Kilometer werden sie gelassener.

»So sieht's aus, wenn man der Perfektion verdammt nahekommt«, freut sich Fabrizio.

Sie kommen mit einer Stunde Verspätung an dem von Paul bestimmten Treffpunkt an, die Trapezmuskeln schwer wie Blei, aber beseelt von dem befriedigenden Gefühl, ein echtes Team zu sein.

Fabrizio verkündet der Truppe, dass er einen langen Abend zum Thema Gefühlsökologie Teil zwei vorbereitet ... Ehe er seinen Satz beenden kann, haben Simon und Théo ihn ins Wasser geworfen.

»Mann über Bord!«

»Und wenn's eine Frau ist, was sagt man dann?«

»Lässt man sie ertrinken.«

»Reicht man ihr die Hand.«

»Gar nichts sagt man, die können schwimmen.«

# 12

Wie jeden Morgen steht Max in der Dämmerung auf. Bald fängt die Schule wieder an. Der letzte Fußboden wurde erst vor einer Woche verlegt. Die Arbeit scheint kein Ende zu nehmen. Er lehnt sich an den Türrahmen, jetzt würde er gern eine rauchen oder in den Arm genommen werden. Kaum hat er ein Problem gelöst, kommt einer der Jungs wieder an – ein tropfender Wasserhahn, eine lockere Türklinke, eine Zarge, die nicht ganz abschließt. Gestern hat Simon ihm einen Riss über der Küchenspüle gezeigt. Das Leben ist voller kleiner Risse. Ohne dass man es merkt, werden sie mit der Zeit immer tiefer.

Heute befestigt er die abgestaubten, abgeschliffenen und frisch lackierten Fußleisten wieder. Trotz aller Sorgen wird sein Kopf frei, wenn er mit den Händen arbeitet – werkelt, wie seine Mitbewohner es nennen. Die Bedächtigkeit und die Wiederholung der Handgriffe besänftigen ihn und schaffen Abstand zu allem Unerwarteten, den Unannehmlichkeiten, den Scherereien, den bösen Überraschungen und Schikanen des Lebens.

So viele Synonyme und nicht eine Antwort auf seinen Kummer.

In dieser Schule fühlt er sich trotz Louises Fahnenflucht in Sicherheit. Er hatte schon immer eine Schwäche für alte Häuser, die Geheimnisse, die sie bergen, die unebenen, maroden Oberflächen. Ihm gefällt, was man daraus machen kann.

Die Wohnungen auf der anderen Straßenseite faszinieren ihn. Er träumt, denkt sich hinein. Auf einem durchgesessenen Sofa sieht man noch den Sitzabdruck. Der zerschlissene Stoff der Armlehnen erzählt eine Geschichte. Ein Paar sitzt nebeneinander und hört in vollkommener Harmonie Bach. Die Frau denkt an ihren Liebhaber, den sie nachher trifft, oder an das Rezept für Spinatpastete, das sie am nächsten Sonntag ausprobieren will. Unsere Einrichtung nimmt den Abdruck unserer Körper, unserer Gedanken an. Unweigerlich geben alle Möbelstücke einen Teil von uns selbst preis.

Die Schule, die eigentlich für Touristen auf der Durchreise gedacht war, beherbergt nun längerfristig Vertriebene.

Ganz anders als die Zimmer, die Louise jeweils passend zu den von ihr ausgesuchten Namen hatte einrichten wollen, vermietet er ihnen weiße, adrette, frische, saubere Räume, frei von Erinnerungen oder Verletzungen, leer und ideal für einen Neuanfang. Man kann darin aufrecht stehen, die Fenster weit aufmachen, durchatmen, flüchtig lächeln und sich eine Zukunft zusammenspinnen, so wie man sich das Leben der Nachbarn gegenüber ausmalt.

Es ist gut, dass Paul eingezogen ist und ihm Simon aufgedrängt hat. Seine Jugend hält sie auf Trab. Théo rührt ihn. Selbst Fabrizio, nervig, aber einer, der alles zusammenhält, trägt etwas dazu bei. Seit das Haus voll ist, fühlt sich Max nicht mehr so überwältigt vom Hallen der eigenen Schritte und dem eigenen Herzschlag. Einer pfeift, einer hustet, der Dritte singt laut und falsch unter der Dusche, Türen schlagen, ein Kommen und Gehen. Die Geräusche ihres Lebens schleichen sich in seines hinein.

Wenn er schlafen geht, arrangiert er sich mit Louises Abwesenheit. Jeden Abend weint er ungeniert im Dunkeln. Zwei Kopfkissen. Zwei umgedrehte Kisten als Nachttische. Auf dem von Louise liegen ihre Feuchtigkeitscreme, ein Notizblock, ein Stift. Ihr Nachthemd hängt an einem Nagel und flattert im Wind. Ohne sie erscheint ihm alles, die nackten Wände, der Mangel an Gegenständen, spartanisch. Er liegt nicht quer im Bett. Er bleibt auf seiner Seite. Sie ist abgehauen. Ohne sie ist er nichts. Ein schwarzes Loch. All seine Pläne zerschlagen sich. Jede Nacht stirbt er und baut sich wieder neu auf. Ein Gedicht von Nâzım Hikmet wirbelt ihm durch den Kopf.

*Hundert Jahre ist es her*
*dass ich letztmals dein Gesicht erblickte*
*dass ich letztmals meinen Arm*
*um deine Taille schlang*
*dass ich mein Gesicht in deinen Augen sah*
*hundert Jahre schon stelle ich*
*keine Fragen mehr*
*an deinen lichten Geist*
*berührte ich nicht mehr die Wärme deines*
*Bauches.*

*Seit hundert Jahren*
*erwartet mich eine Frau*
*in einer Stadt.*
*Wir saßen oben auf demselben Ast,*
*demselben Ast*
*wir sind gefallen, wir haben uns*
*verlassen*
*zwischen uns ein Jahrhundert*
*in Raum und Zeit.*
*Seit hundert Jahren laufe ich im Dämmerlicht*
*hinter dir her.*
*Du bist mein Rausch*
*Von dir werde ich nicht ernüchtert*
*Von dir kann ich nicht nüchtern sein*
*will ich nicht nüchtern werden.*
*Schwerer Kopf*
*Aufgeschürfte Knie*
*Dreckige Kleidung*
Er dreht und wendet den letzten Vers.
*Ich laufe zu auf dein Licht, das leuchtet und erlischt,*
*schwanke, falle, stehe wieder auf.*

Max will gerade eine weitere Fußleiste festnageln, da hält er inne. Er legt seinen Hammer an genau der Stelle nieder, die ihm aufgefallen ist. Dieser Spalt diente ihm und Louise als Briefkasten. Er hat alle Zettel in einer kleinen Keksdose aufbewahrt.

Hat sie das Heft noch, in das sie seine Briefe einklebte? Sein Blick fällt auf sein Handy am Stuhl. Louise hat sich nicht mehr gemeldet, seit sie ihn gebeten hat, Fabrizio aufzunehmen. Ihm zittern die Hände. Verfluchtes, viel zu stilles Telefon. Soll er es aus dem Fenster werfen? Dann hätte das Warten ein Ende ... Die Stille ist schlimmer als alles andere. Er überlegt, was er schreiben könnte. *Sehen wir uns nie wieder?* Zu endgültig. *Sehen wir uns eines Tages wieder?* Was, wenn sie verneint? *Komm zurück.* Das wird sie ärgern. *Soll die Trennung ewig dauern?* Zu negativ. Ein Glück. Das Handy rutscht ihm aus der Hand. Gehäuse, SIM-Karte, das Herz in Stücken und am Boden, so wie er. Er sammelt die Einzelteile auf. Akku schwach. Eine Sekunde. *Weißt du noch* ... Er zögert, drückt falsch, die Nachricht wird verschickt.

Er kann nichts löschen: ihre Freude, ihre Trauer, den Schmerz, keine Kinder haben zu können, die Entscheidung, zu zweit zu bleiben, nicht zu adoptieren. Wie wechselt man von symbiotisch zu fremd? Nicht zu wissen, was sie so tut, was sie isst, ob sie an ihn denkt, macht ihn wahnsinnig. Er wurde meist vor ihr wach und betrachtete sie voller Bewunderung. Beim Einschlafen vergrub er seine Nase an ihrem Hals. Ein Leben lang umhüllt von ihrem Duft. Er vermisst alles: ihren Geruch, ihre Art zu sprechen, ihr Versöhnungsritual, als es noch zu Versöhnungen kam. Dann liebten sie sich ganz langsam, erkundeten jeden Zentimeter Haut des anderen, Stellen, die nur sie allein kannten. Fast ist es, als hätten sie ihre Kapazität, neu anzufangen, erschöpft. Zuvor war alles selbstverständlich. Die Selbstverständlichkeit ist weg.

Es klingelt.

Bestimmt die Holzlieferung. Er macht auf und erstarrt. Vor ihm steht Louise. Die Gefühle überwältigen sie beide, aber sie wahren einen Sicherheitsabstand. Sie gibt ihm keinen Kuss. Er hat also nicht die richtigen Worte gefunden. Er hätte lieber schreiben sollen: *Du bist und bleibst meine Liebste.*

»Darf ich nicht reinkommen?«

Max wird rot. Sein Körper gerät ins Stammeln. Er zerrt am Ärmel seines Pullovers und versteckt die Finger. Warum ist sie hier? Er stolpert über die Wörter. Ihm fallen nur Fragen ein. Ist sie sauer, oder bereut sie alles ganz furchtbar?

»Ich hab deine Nachricht bekommen. Keine Ahnung, was ich hier mache.«

Max hält den Atem an, wartet ab.

In seinem Blick glimmt Hoffnung. In ihrem Verlegenheit. Zu ihren Füßen abgeblätterte rote und blaue Farbe von einem alten Himmel-und-Hölle-Spiel, die Drei ist kaum verblichen.

Max nimmt Kreide aus dem Metallbehälter neben der Tafel. Louise schaut zu, wie er ein schiefes Krokodil auf den Boden malt, dann verpasst er ihm Rollschuhe. Ihr Ritual, wenn sie sich nach den Ferien wiedersahen.

Max zieht sie an sich. Louise schiebt ihn weg. Er beschließt, es langsam anzugehen, sonst läuft sie noch davon.

»Darf ich dir einen Kaffee anbieten?«

»Ja, stark, zwei Löffel Zucker, keine Milch.«

Das weiß er seit Jahrzehnten. Warum diese Auskunft? Wonach sucht sie? Will sie Wir-fangen-noch-mal-ganz-von-vorne-an spielen?

Max führt sie in die Küche. Sie erkennt sie nicht wieder.

»Wie viele wohnen denn bei uns?«

Sie verbessert sich.

»Bei dir, meine ich.«

»Fünf Männer.«

Sie würde gern die Zimmer sehen, besinnt sich dann aber, spricht zu schnell, trinkt den kochend heißen Kaffee und verschluckt sich.

»Du hast schon Ersatz für mich gefunden.«

»Ganz und gar nicht. Ich bin mir sicher, dass zwischen uns immer noch alles möglich ist.«

»Ich nicht. Ich hab Bücherkisten für dich im Auto.«

»Jetzt schon!«

»Was?«

»Ach, nichts.«

Er traut sich nicht zu fragen, was sie in den dreißig Tagen ohne ihn erlebt hat. Ihr Parfüm, sie hat das Parfüm gewechselt! Das Parfüm, das er ihr auf der Hochzeitsreise ausgesucht hat.

»Hast du jemanden kennengelernt?«

Eine Tür schlägt zu. Simon kommt in die Küche geschossen.

Ehe Louise überhaupt antworten kann, sagt Max: »Erinnerst du dich an dein Heft, unsere Zettelchen im Mauerspalt? Hast du sie aufgehoben? Ich habe alle weggeschmissen.«

# 13

Max hat das ehemalige Lehrerzimmer liebevoll zur Bibliothek umgestaltet. Dorthin hatte er sich mit Louise geflüchtet, wenn sie ein Wochenende hier verbrachten und der Regen verhinderte, dass sie den Hof genießen konnten. Der Ofen funktionierte noch, und der Raum hatte sich als groß genug für den Billardtisch aus Mahagoni erwiesen, den sie beim Trödler erstanden hatten. Und mit Sitzkissen, einem Vintage-Sofa, zwei Sesseln, Tischlampen und einem alten Plattenspieler war die Einrichtung komplett. Und als verspürten sie alle fünf das Bedürfnis nach einem Kokon, einer Höhle, einem Nest im Nest, ziehen sie dieses Zimmer dem riesigen Gemeinschaftsraum vor – er ist zu karg so ohne Möbel und schwerer zu heizen.

Seit die Linde keine Blätter mehr hat und die Tage kürzer werden, kommen sie manchmal nach dem Abendessen hier zusammen. Ohne Schuhe, so will es Max, sitzen sie ums Feuer.

Er hat die Kartons mit den historischen Biografien ausgepackt, seine *San-Antonio*-Krimisammlung, die *Tim-und-Struppi*-Alben. Bücher haben ihn immer begleitet, ihn mit auf Reisen genommen, manchmal halfen sie ihm, Dinge durchzustehen, und in seiner turbulenten Kindheit, als er von Ort zu Ort geschleift wurde, retteten sie ihn sogar. Daraus schöpft er ein Wissen, das er weitergeben kann. Die Gedichtbände bleiben sein geheimer Garten. Für ihn sind sie wie ein Heißluftballon, mit dem er davonfliegen kann. Er verbirgt sie in seinem Zimmer. Wie hat Louise das aufgeteilt? Gibt es ein gemeinsames Sorgerecht für Bücher?

Als sie die Bibliothek betreten, fällt allen die Veränderung auf. Max hat seine Bücher wieder, sie stehen auf den Regalen. Alle begreifen, dass die Trennung damit offiziell ist. Keiner sagt etwas.

Meistens trinkt Théo einen selbst gemachten Lindenblütentee, Max' Spezialität. Er sammelt im Sommer die Blüten und trocknet sie. Théo nickt fast sofort weg. Die anderen pfeifen, ehe er zu schnarchen anfängt.

Fabrizio zieht die Schuhe aus. Er lümmelt auf dem Sofa und blättert auf gut Glück in einem Geschichtsbuch. Lacht halblaut vor sich hin, als er einen Absatz zu den napoleonischen Kriegen liest und kein Wort versteht. Auch wenn sie ihn am Ende der Ruderpartie ins Wasser geworfen haben, er hält seinen Vortrag. Er hat einen Abend zum Thema »Gefühle« angekündigt.

Théo hofft, dass Fabrizio ihn nicht zwingt, seine eigenen aus dem Taschentuch zu holen, wo er sie seit seinem ersten Sturz mit dem Dreirad eingesperrt hat, seit dem ersten »Reiß dich zusammen, ein Junge weint nicht!«. Er kommt aus einer konservativen Familie, vier Jungen, eine

Mutter, die nicht zur Zärtlichkeit neigt, ein autoritärer, anspruchsvoller Vater. Ein Beispiel unter vielen: die Zurückhaltung, als er seine Hochzeit mit Françoise ankündigte. Zu originell, zu weit außerhalb dessen, was sie kannten. Er war auf Abstand gegangen. Heute fürchtet er sich davor, den Kontakt wieder aufzunehmen. Er hat nicht den Mut, sich das unvermeidliche »Haben wir es dir nicht gesagt!« anzuhören.

Er legt ein Holzscheit nach. Der Gedanke, sich zu entblößen, erinnert ihn an die Eheberatung in der aufwühlenden Zeit, als er noch nach Antworten suchte und sechsunddreißig Erklärungen fand, ohne auch nur eine Sekunde lang die unglaubliche Wahrheit zu begreifen.

»Was weißt denn du schon über Liebesbeziehungen, Fabrizio?«, ruft Paul. »Wenn du darin so gut wärst, würdest du nicht hier sitzen.«

Der aggressive Ton lässt Fabrizio kalt.

»Stell dir vor, ich denke viel nach.«

Vor allem war er bei den *Sei schön und halt bloß nicht den Mund*-Versammlungen dabei gewesen, die Saskia zu Hause abgehalten hatte. Seine Anwesenheit wurde nur toleriert, wenn er, der einzige Mann im Raum, stumm blieb. Er hatte sich bemüht, die Übertreibungen und die sinnvollen Ansätze, mit denen sie etwas anfangen konnten, auseinanderzuklamüsern. Heute besiegelt er seine Rache.

»Alles eine Frage der Musik. Es geht darum, die Melodie des Partners zu spielen.«

Paul steht auf, reibt die Spitze eines Billardqueues mit Kreide ein. Von dem Kerl lässt er sich doch keine Verführungstipps geben. Nacheinander legt er die zehn Kugeln in das Dreieck. Vorsichtig nimmt er es weg, und gerade als er sich vorbeugt und die rote Kugel anvisieren will, bemerkt er Simons neugierige Miene und Théos völlig verwirrten Blick angesichts von Fabrizios Idee. Er beschließt, Monsieur Besserwisser seine Aufmerksamkeit zu schenken.

Fabrizio freut sich, dass alle still werden. Er spricht weiter.

»Eure Art, ›Ich liebe dich‹ zu sagen, und die eurer Partnerin können so unterschiedlich sein wie ein Gospel und eine Opernarie.«

Die gelbe Kugel wird eingelocht. Paul sieht Fabrizio an.

»Ich bin überzeugt, dass der Schlüssel zum Liebeserfolg darin besteht, ein guter DJ zu sein«, spottet er. »Ich verführe sowohl Muttis als auch Divas.«

»Worauf willst du hinaus?«, fragt Simon.

Fabrizio spricht weiter. »Ein einfaches Beispiel: Nehmt das Lieblingslied eurer Frau, ein Lied, das ihre geheimen Wünsche widerspiegelt. Tja, ein Lied, fünf Möglichkeiten. Ihr könnt ihr eine Strophe schicken, deren Worte sie würdigen. Ihr verbringt den Abend mit ihr und lasst das Lied in Dauerschleife laufen. Ihr schenkt ihr das neueste Album ihres Lieblingssängers. Stellt ihr eine Playlist zusammen. Ihr nehmt sie in den Arm und tanzt ganz eng und langsam.«

»Na, und?«, fragt Simon.

»Wenn ihr eine CD-Box schenkt, für die ihr euch ewig nicht entscheiden konntet, und sie einen Flunsch zieht, heißt das vielleicht, dass sie lieber einen schönen Abend mit euch verbracht hätte.«

Paul mag Komplimente, er lässt sich gern verwöhnen, verhätscheln, helfen, berühren.

»Du nervst mit deinen Theorien.«

Simon bleibt skeptisch.

»Bei mir dauert die Liebe drei Tage, nicht drei Jahre. Nicht genug Zeit, um das Lied meiner Partnerin kennenzulernen«, erwidert Paul.

Er legt eine 33er-LP auf, verbeugt sich vor Max.

»Darf ich um diesen Tanz bitten, kleiner Wolf?«

*Let it be …*

»Musik? Was für eine Musik?«, seufzt Théo. »Ich dachte, ich spiele ihre Melodie. Eine unmögliche Partitur! Vater, Geliebter, bester Freund. Ich habe immer auf meine Wortwahl, meine Manieren, meinen Geruch geachtet, mich bemüht, ihren Hoffnungen und Erwartungen zu entsprechen. Stark sein, zärtlich sein. Einen femininen Anteil haben, aber im Bett seinen Mann stehen, sich um die Kinder kümmern und ein Cowboy bleiben. Das alles hat nicht verhindert, dass Françoise abgehauen ist. Sie wollte von mir überrascht werden. Eine Frau hat das geschafft. Ich habe meine feminine Seite nicht ausreichend kultiviert.«

»Feminin! Wenn ich endlich mit Aufräumen, Waschen und Kochen fertig bin, hab ich keine Lust mehr auf einen Ständer«, ruft Fabrizio.

»Ist euch aufgefallen, dass wir nie über unsere Kinder reden?«, fragt Paul.

»Nein, eigentlich nicht«, sagt Théo. »Hier sind wir halt in unserer Blase. Keine Frauen, keine Kinder. Es ist auch so schon kompliziert genug. Die Kinder kommen auch mal eine Weile ohne uns klar. Ihre Mütter kümmern sich um sie, wir machen das später wieder gut. Ich habe Françoises Musik so oft gehört, dass ich nicht mehr weiß, wer ich bin. Ich weiß nicht mehr, was das heißt, ein Mann zu sein!«

Max füllt Théos leeres Glas.

»Wofür steht der Mann?«, fragt er. »Sexuelle Energie, Heldentum, körperliche Kraft? Denkt mal an die Archetypen Vater, Geliebter, Krieger, Weiser.«

Simon schreckt auf: »Du predigst überholte Thesen, mein Lieber. In der Praxis sind Männer nicht bloß Klone dieser vier Kategorien; es gibt Tausende unterschiedlicher Männer. Guck dir uns fünf an.«

»Die Gesellschaft entwickelt sich weiter, die Verhaltensweisen bleiben«, fügt Max hinzu. »So wie die Samenzelle bahnt sich der dynamische, kräftige, treibende, aggressive Mann seinen Weg, die Frau dagegen ist, wie die Eizelle, oft passiv, empfänglich, einladend.«

»Das ist auch wieder ein uraltes Konzept. Wenn ihr so eine rückständige Sicht auf Männer und Frauen habt – das ist doch ein Klischee! Das ist alles viel komplexer, wir bestehen nicht nur aus unserem Geschlecht. Alles, was wir erleben, macht unsere Persönlichkeit aus, und daher gibt es ebenso viele Lebensgeschichten wie Menschen. Und die Frau ist alles andere als passiv! Wenn ihr euch so abrackern würdet, ihr lägt erschöpft am Boden. Anstatt uns hinter Verallgemeinerungen zu verstecken, sollten wir lieber versuchen, auf Théos Frage zu antworten: Was heißt es, ein Mann zu sein?«

Unbehaglich wenden alle den Blick ab. Sie überlegen

minutenlang. Simon steht auf und schaltet nacheinander alle Lampen aus.

»Wir sind es nicht gewohnt, uns einander anzuvertrauen. Mir ist aufgefallen, dass es sich im Dunkeln anders spricht. Ihr könnt euch nicht vorstellen, was mir die Patienten beim Röntgen alles erzählen. Wenn ich das Licht wieder anschalte, sind sie still, der Zauber ist vorbei.«

Er macht die letzte Lampe aus und wiederholt die Frage.

Es ist fast völlig dunkel, nur ein Viertelmond hüllt die Linde in sanftes Licht.

Paul traut sich als Erster.

»Der Mann ist ein Genießer.«

»Ein Baumeister«, fügt Max hinzu.

»Ein Kind«, sagt Simon.

»Eine Frau mit Eiern«, behauptet Fabrizio.

Théo zögert. Er traut sich nicht zu sagen, was er über Männer im Allgemeinen denkt. Er sieht sie als Schweine, Feiglinge, Lügner oder unverstandene Helden. Die Männlichkeit basiert auf der Erektion, die der Mann nicht kontrollieren kann. Punkt.

Er flüstert: »Ein Mann ist jemand, der einen hochkriegt, und dann, eines Tages, ist Schluss, und er kriegt keinen mehr hoch.«

# 14

Théo hat sich in sein Zimmer zurückgezogen und die Rollos runtergelassen. Als wäre er nur auf der Durchreise, hat er seine Sachen immer noch nicht ausgepackt. Er sitzt im Dunkeln auf dem Bett, den Laptop auf dem Schoß. Er klappt ihn auf, das Tier schnurrt. Die Reise beginnt.

Nur das Licht vom Bildschirm erhellt sein Gesicht, angespannte Züge, gerunzelte Brauen. Eifrig klickt er sich durch den Registrierungsprozess. Ein Kinderspiel. Soeben hat er *Second Life* betreten, eine virtuelle Welt in 3-D. Er sucht Namen und Vornamen für seinen Avatar aus, einer unter Hunderten. Ab jetzt heißt er *Love me tender*. Er ist größer als sonst, hat glatte Haut, eine prächtige braune Mähne. Wie ein Mantra wiederholt Théo immer wieder: Ich heiße *Love me tender*, ich heiße *Love me tender*. Zu seiner Überraschung muss er lachen, als er den Nickname ausspricht. In einem Anflug von Wachsamkeit springt er auf und schließt die Tür ab. Die anderen essen im Erdgeschoss zu Abend. Um sein neues Leben erkunden zu können, hat er vorgegeben, dass er noch arbeiten muss.

Er flüstert: »Wie ist es, *Love me*, hast du Hunger?«

Neulich im Büro hat er ein Gespräch zwischen zwei Praktikanten mitbekommen. Da hatte er sich auch wieder alt und furchtbar überfordert gefühlt vom technischen Fortschritt. Er verstand die Sprache, die Codes der fünfundzwanzigjährigen Angestellten nicht mehr. Dennoch hatte dieses *Second Life* seine Neugier geweckt. Sie sprachen von einem Paralleluniversum, das zum Greifen nahe war, wo jeder seiner Fantasie freien Lauf lassen konnte, um sein virtuelles Double zu erschaffen: Mann, Frau, Tier, Roboter, Ufo. Von der Haarfarbe bis hin zur Form der Pobacken, alle personalisierten ihre Avatare nach Belieben. Ein paar Zentimeter größer, jünger, langhaariger ... Er nimmt den nagelneuen Körper in Besitz. Wo er schon einmal dabei ist, kann er ihn auch schnell noch einkleiden: Jeans, T-Shirt, Turnschuhe.

Mit einem Klick beamt Théo *Love me tender* an einen Strand. Innerhalb einer Sekunde bestimmt Wellenrauschen die Klangkulisse. Ein paar Schritte weiter lehnt eine stumme Gestalt an einer Mauer, sie trägt Shorts und einen schwarzen BH. Neben ihr ein Schild: *Bitte nicht stören*. Alles klar, er wendet sich von der einsamen Unbekannten ab, und plötzlich erhebt sich vor ihm, in krassem Gegensatz zur Ruhe des Strandes, eine futuristische Stadt mit kühnen Wolkenkratzern.

Er ist nicht auf einer einsamen Insel gestrandet. Neben ihm kreuzt eine Handvoll ungelenker Anfänger zu Füßen dieser merkwürdigen Stadt auf. So wie er stecken sie in Avataren ihrer Wahl.

Hier gibt es keine Kalaschnikows, keine Superhelden, keine Level. Ein *Haus*-Icon zieht seine Maus magisch an. Da er noch kein Zuhause hat, katapultiert ihn das Spiel auf einen überfüllten Platz, das Wartezimmer der Obdachlosen in *Second Life*. In buntem Durcheinander sieht er drei Cheerleader, zwei mehrfarbige Einhörner, einen Sandwich-Mann, einen Kerl im Anzug und auf allen vieren, ein winziges Pony und eine zweibeinige Kuh. Ein Junge schreit: »Marmelade und Roller!«, und entschuldigt sich anschließend bei den anderen. Er hat zwei Befehle verwechselt.

Ein großes, schlankes Mädchen von erstaunlicher Erscheinung, Teint, Frisur und Fingernägel so makellos wie in der Werbung, taucht neben ihm auf. Sie trägt einen extrem kurzen Minirock, der einen winzigen Teil ihrer endlos langen Beine bedeckt, sie läuft auf Stelzen. Aufregend, denkt er. Keine Hemmungen, er wird sie ansprechen, wie er es noch nie zuvor bei einer Frau versucht hat. Nur ein kleines Abenteuer. Allein bei dem Gedanken kriegt er einen Ständer.

Die Frau wispert mit einer Zärtlichkeit, die ihm Vertrauen einflößt, an seinem Hals: »Ich hab dich hier noch nie gesehen.«

Théo erschauert von Kopf bis Fuß. Er hängt über der Tastatur und weiß nicht mehr, ob er das ist oder der andere. Sie schlägt vor, sich auf einen Platz zu setzen, auf dem Lamas und wilde Schwäne frei herumlaufen. Wenn er diese Landschaft erschaffen hätte, gäbe es außerdem einen Bengalischen Tiger.

»Hast du schon deinen Palast gebaut?«

Die Lamas käuen im Park wieder. Hinter ihnen erhebt sich ein spektakuläres Hochhaus, eine naturgetreue Kopie der New Yorker Börse.

»Bin gerade erst gekommen, ich hab noch kein Haus.«

Er ist neugierig, was wohl passiert, wenn er die monumentale Eingangshalle betritt, und bittet sie, ihn zu begleiten. Sie verschwindet. Kein Akku mehr, schwarzer Bildschirm. Seine Verwandlung rinnt ihm durch die Finger. Nach dem abrupten Ende hat Théo bereits Entzugserscheinungen und steckt das Ladekabel an.

Das Wesen hat auf ihn gewartet. Gemeinsam gehen sie über die Straße, weichen zwei Straußenvögeln aus, die von einem Majordomus an der Leine geführt werden. Er dreht sich um, will sichergehen, dass der Platz sich nicht in Luft aufgelöst hat, sie nimmt seinen Arm und führt ihn in das Gebäude.

In der riesigen Halle fahren gläserne Fahrstühle in rasender Geschwindigkeit hoch und runter. Überall Menschen und Tiere. Eine mitreißende Musik bestimmt den Takt ihrer Schritte.

Angesichts der surrealen Szene steht Théo der Schweiß auf der Stirn. Im zweiundsechzigsten Stock taucht aus dem Nichts ein Einkaufszentrum auf. Théo hat Geld umgetauscht und sucht sich mit der hiesigen Währung auf einem übergroßen Tablet ein Outfit aus. Eine überirdische Stimme verkündet, dass man mit wenigen Klicks seine Traumkleidung finden kann. Zur Auswahl stehen: Opernsänger, Dragqueen, Heavy-Metal-Roboter. Wegen seiner Elvis-Presley-Verehrung hat er ein Auge auf einen weißen Smoking, eine gelbe Brille und ein Paar Cowboystiefel geworfen. Da holt ihn plötzlich Simons Stimme vor der Tür in die Realität zurück.

»Willst du gar nichts essen?«

Mit einem Knall klappt er den Computer zu.

»Komme!«

Harte Landung. Ja, okay, er hatte auf die Anzeige geantwortet, aber jetzt gerade bereut er seine Entscheidung. Die Gemeinschaft belastet ihn. Er will sich nicht öffnen. Er kann doch vor ihnen allen nicht wiederholen, was seine Frau zu ihm gesagt hat, er kennt sie ja kaum. »Ich genieße das Leben, lebe im Hier und Jetzt, ich höre auf mich, auf meine Bedürfnisse.« Er stellt sein *life* ebenfalls auf den Kopf. Er wechselt es, so wie Françoise die sexuelle Orientierung gewechselt hat. Er sitzt allein auf seinem Bett, und schon jetzt vermisst er das Wesen. *Love me tender* verlangt nach ihm. Die Alleen in Technicolor haben ihm das Gefühl gegeben, dass er existiert, in seinem Elvis-Kostüm fühlte er sich unbesiegbar. Heute Nacht wird er dorthin zurückkehren.

# 15

Normalerweise braucht Simon vierzig Minuten zum Krankenhaus. Er geht mit leerem Bauch aus dem Haus, macht bei einer der zwei Bäckereien in der Straße nebenan halt, kauft Chouquettes und Croissants und rennt zur Bushaltestelle. Er kommt in die Praxis, schenkt sich einen Kaffee ein und isst das letzte Croissant in Gesellschaft von Odette, der dynamischsten Sechzigjährigen, die er je gesehen hat. Er kennt sie seit zehn Jahren, und ihre gute Laune verleiht ihm einen Schwung, der bis abends anhält. Sie findet die richtigen Worte, um ihn zu trösten. Er hat das Gefühl, er kann ihr alles sagen; sie ist ganz anders als seine Mutter.

Heute erzählt er ihr vom Versuch der WG, Männlichkeit zu definieren. Er weiß den Auftakt zum Arbeitstag gebührend zu schätzen. Sie reden, er gießt sich ein wenig Wasser nach, zieht den Augenblick in die Länge. Dann erst holt er den ersten Patienten aus dem Wartezimmer. Er findet besänftigende Worte, um die Sorgen des aufgeregten Kindes oder der Dame in fortgeschrittenem Alter zu zerstreuen. Der CT-Scanner ist bereit. Zwanzig Minuten später sind sie erlöst, und jemand anderes nimmt ihren Platz ein.

Heute Morgen hat er keine Gelegenheit zu einem Plausch mit Odette. Gerade als er in den Bus einsteigt, fällt ihm ein, dass er sein Handy auf der Bank im Flur liegen gelassen hat. Er rennt zurück und kommt vor der Schule abrupt zum Stehen. Grellrote Schrift auf dem Mäuerchen um den Hof springt ihm ins Auge. Ihr Hof!

Er stürzt ins Haus und brüllt: »Die Irre ist zurück!«

Paul begreift sofort. Er prescht raus, die Zahnbürste noch in der Hand. Hinter ihm Max im gestreiften Schlafanzug und Fabrizio in Boxershorts. Gott sei Dank hat Théo einen Bademantel übergezogen, er kommt frisch aus der Dusche.

»Mir nach«, sagt Simon.

Er scheucht sie über die Straße auf den Bürgersteig gegenüber.

»Guckt euch das an!«

Vor ihrem verblüfften Blick erstreckt sich der Satz über die gesamte Länge der Mauer: *Die Männer sind zurück im Kindergarten, da gehören sie hin*, unterzeichnet mit M, wie Marjo.

Sprachlos stehen die fünf Männer vor dem Graffiti. Einzig Simon unterdrückt ein Lachen. Er pfeift die Erkennungsmelodie einer Serie: *Tief in der Nacht, wenn der Vollmond erwacht, kommt ein Reiter, der heißt Zorro … Und das Z, das steht für Zorro.*

»Total hysterisch, deine Alte«, haut Fabrizio raus.

»Weil deine ja so entspannt ist!«

Wasser fließt durch den Rinnstein. Die Müllabfuhr war noch nicht da. Max knöpft sein Oberteil zu, dreht sich zu Paul um und explodiert.

»Sie geht zu weit. Mach was, verdammt!«

»Wenn sie Krieg will, gut, kann sie haben«, erwidert Paul, insgeheim geschmeichelt.

Eine Frau, die sich solche Mühe mit ihrer Rache gibt, will nicht in Vergessenheit geraten. Mit ihr hat er sich nie gelangweilt. Und jetzt, nach all den kreativen Vergeltungsmaßnahmen, erregt sie ihn nur noch mehr.

Fabrizio nutzt die Gelegenheit, ihn zu provozieren.

»Du träumst wohl auch davon, eine Torte ins Gesicht zu kriegen?«

»Du rufst sie jetzt sofort an, damit sie eine Firma bestellt! Bis heute Abend ist das weg!«, bekräftigt der Hausbesitzer.

»Dich hat nie jemand so sehr geliebt, dass er dir so einen Liebesbeweis erbringt. Bist du deshalb so außer dir?«, frotzelt Paul.

Simon eilt davon zur Arbeit, er hat genug gehört. Paul, Théo und Fabrizio gehen sich anziehen, und Max steht allein auf dem Bürgersteig vor seinem geschändeten Traum. Ganz schön brutal, das Graffiti! Ein Zeichen? Ein Hinweis, sich selbst zu hinterfragen? In dem Versuch runterzukommen, geht er Tapete abkratzen.

Heute Nachmittag hat er Unterricht und bekommt seinen endgültigen Stundenplan. Die ganzen Weibergeschichten belasten ihn. Er genießt die Vorstellung, mit der Sekundarstufe einen Artikel zur Französischen Revolution aus *Le Monde* zu lesen, eine Tasse Lapsang Souchong neben sich. Ihm gefällt diese Art des Unterrichtens. Nach zwei Monaten Ferien freut er sich auf den intellektuellen Austausch. Er wird mögliche Parallelen zwischen den Sansculotten und den Gelbwesten diskutieren.

»Wenn das kein Pech ist! Bestimmt ein Halbstarker!«

Er zuckt zusammen. Er hat Madame Gillou nicht kommen hören. Die alte Dame trägt einen lila Satinmorgenmantel und passende Puschen.

»Wieso sollte es ein Jugendlicher gewesen sein?«

»Ich kann mir nicht vorstellen, dass ein Erwachsener sich so aufführt.«

»Tja, da irren Sie sich leider.«

»Zu meiner Zeit gab es so etwas nicht. Vor den Gören von heute ist doch keine Bushaltestelle mehr sicher.«

Eine japanische Reisegruppe parkt am Ende der Straße. Bewaffnet mit ihren Handys schießen sie ein Blitzlichtgewitter auf die beiden im Schlafanzug ab. In Tokio werden sie dann erzählen, dass bei den Franzosen merkwürdige Sitten herrschen. Ohne zu fragen, kreisen sie die beiden ein und machen Selfies, dann verbeugen sich alle zwölf Mal und treten den Rückzug an.

»Früher hätten die Touristen sich so etwas nie erlaubt … Als wären wir bloße Statuen.«

Abends ist das Graffiti immer noch da. Schweigen lastet auf der Gemeinschaft. Niemand will das Thema anschneiden, aus Angst, dass Paul und Max sich dann streiten.

Schließlich sagt Paul: »Ich hab drei Firmen angerufen. Diesen Monat wird das nichts mehr.«

Max steht vom Tisch auf und macht sich wortlos auf den Weg zu seiner Lehrerversammlung.

»Der Chef ist sauer. Nach allem, was er für uns getan

hat, sollten wir ihm jetzt mal helfen«, meint Simon nachdenklich.

»Wir streichen die Mauer«, entscheidet Fabrizio.

Paul fällt ein Stein vom Herzen. Auch wenn er sich aufspielt, er fühlt sich mitverantwortlich für die Tat seiner Frau.

»Ich bin zwar ziemlich pünktlich, aber an manchen Tagen ist Zuspätkommen unvermeidlich«, schließt Théo.

Fabrizio lehnt am Haus gegenüber und raucht. Nach jedem Zug beobachtet er Paul, der mit dem Kärcher die Mauer abspritzt. Ganz offensichtlich hat er keine Erfahrung darin. Er ist pitschnass, und auf seinem Lieblingshemd sind überall kleine rote Spritzer, wie viele kleine Vorwürfe. Marjolaine hat erreicht, was sie wollte.

# 16

Der Herbst ist da. Weil Paul seine äußere Erscheinung wichtig ist, hat er seine Mokassins einem der letzten Schuster in Paris anvertraut, der die Ledersohlen zu einem vernünftigen Preis von Hand annäht. Dort erfährt er die unfassbare Neuigkeit.

Erschüttert hastet er zurück zur Schule, schlägt heftig das Tor hinter sich zu und rennt im Regen über den Hof. Ungeduldig und nervös, wie er ist, putzt er sich nicht einmal die Schuhe ab, schmeißt seine triefende Regenjacke auf einen Stuhl und stürmt in die Bibliothek. Die anderen spielen Poker.

Ohne Luft zu holen, schreit er: »Ich komme gerade vom Schuster. Zwei Straßen weiter ist *Das Haus ohne Männer*!«

Die anderen konzentrieren sich weiter auf Paare und Dreier. Pauls Aufgeregtheit ermüdet sie.

»Begreift ihr, was das heißt? Das einzige Männchen in der Hütte ist ein dicker Kater namens Jean-Pierre!«

Simon deckt seine Karten auf einem kleinen Holztisch auf und hebt den Kopf.

»Was regst du dich so auf? Geht dir eine Hochburg flöten, die du erobern wolltest?«

»Selbst der Pizzalieferant bleibt auf der Schwelle stehen.«

Max legt ebenfalls die Karten hin.

»Vielleicht sind sie alle lesbisch, und einen Kerl wie dich können sie nicht gebrauchen. Frauen sind beständiger als wir, sie achten auf Kleinigkeiten. Sie knüpfen mit einem unsichtbaren Faden Beziehungen. Sie wollen Kontakt, liebe Worte, kleine Aufmerksamkeiten. Vielleicht haben sie ja die Nase voll von unserem Geschwätz, den großen Höhenflügen am Anfang. Promophase mit Vorteilspack. Drei Tage Knistern und dann ist Schluss.«

»Der Schuster meinte, sie sind schön, klug und hetero. Und leben sich voll aus.«

»Ist Jean-Pierre kastriert?«

»Wer?«

»Der Kater.«

»Bestimmt!«

»Autsch!«, quäkt Simon und hält sich eine Hand vor den Schritt.

»Ich versteh schon, warum Paul wütend ist«, sagt Fabrizio. »Sie verkünden laut und deutlich: *Wir kommen ohne euch klar!* Da sind sie nicht die Einzigen. Saskia hat ein Buch am Fußende des Bettes liegen, *No Men*. Wie eine Warnung. Zwanzig Millionen verkaufte Exemplare, übersetzt in siebenundachtzig Sprachen. Früher haben Männer gejagt, gefischt, gegen Feinde gekämpft, und die Frauen bewachten die Hütte, den Kochtopf überm Feuer. Da wurden keine Fragen gestellt, und es hat funktioniert. Heute jagen und fischen sie selbst, fahren Achtunddreißigtonner und regieren Länder. Sie sind vielseitig geworden und brauchen uns nicht mal mehr für die Fortpflanzung.

Die Zeiten haben sich geändert. Von ›nicht mehr von Männern abhängig sein‹ bis zu ›den Männern abschwören‹ ist es nur ein kleiner Schritt. Und den haben diese Frauen ganz offensichtlich gemacht.«

»Ich bin noch nicht so weit, auf die Damen zu verzichten«, beharrt Paul.

»Dachten wir uns. Ich übrigens auch nicht«, erklärt Fabrizio.

»Die männliche Vormachtstellung liegt in den letzten Zügen«, seufzt Théo. »Alles Feministinnen!«

»Ihr schmeißt mit diesem Wort um euch und kennt nicht mal die eigentliche Bedeutung«, schaltet Max sich ein. »Die ändert sich nämlich je nach Epoche und je nachdem, in welchem Teil der Welt man sich befindet.«

Er nimmt ein Buch aus dem Regal, öffnet eine Seite, an der ein Lesezeichen klemmt, und liest vor, was man 1921 darüber schrieb.

*Soziologische Studien und Reiseberichte, die die Sitten und Bräuche der letzten noch lebenden Wilden erforscht haben, berichten alle dasselbe. Auf dem Dorfplatz eines primitiven Volkes, umgeben von Strohhütten oder Filzzelten, in den ausgedörrten Steppen Asiens, auf den Waldlichtungen Afrikas, in der kolumbianischen Prärie, halten die Stämme ihre Versammlung ab, reden über die großen Anliegen des Volkes, entscheiden über Krieg und Frieden. Frauen wie Männer wohnen dem bei. Manchmal bleiben Erstere respektvoll stehen und bilden zusammen mit den Jüngeren einen dritten, stummen Kreis um die Männer, die wiederum um die Alten herum versammelt sind. Die Unterwerfung des weiblichen Geschlechts ist also weder ein Natur- noch ein Universalgesetz. Alle Völker kannten zunächst das Matriarchat. Die Schöpferin der Familie, Gefäß des Lebensfunkens, wurde als solche besonders verehrt.*

Er klappt das Buch zu.

»In Europa ist dem Feminismus nach dem Zweiten Weltkrieg der Aufstieg gelungen. Na gut, Leute, wenn ihr drauf besteht, kriegt ihr eine Nachhilfestunde …«

»Nein danke, absolut nicht nötig.«

»Wie wär's, wenn wir aktiv werden, anstatt zu jammern?«, schlägt Simon vor.

»Wir haben den Frauen nicht abgeschworen, wir wollen mit ihnen gemeinsam eine Zukunft aufbauen«, berichtigt Paul.

»Und wie willst du sie davon überzeugen?«, fragt Fabrizio. »Willst du eine Demo organisieren? Ein Gesetz fordern? Einen Bestseller schreiben: *With Men*? Pflastersteine aus der Straße reißen? Die Medien alarmieren? Die weiße Fahne hissen? Die Gelbwesten mobilisieren?«

Max stapelt alle Karten und legt sie zurück in die Schachtel. Die Partie ist zu Ende. Pech, falls einer die Hand voller Asse hatte.

»Wir könnten ja eine Diskussion anstoßen«, sagt er, »›Mann sein in der heutigen Gesellschaft‹ oder ›Alles, was Sie schon immer über Männer wissen wollten‹. Oder könnten einen Tag des Mannes einführen. Die Feministinnen haben im 20. Jahrhundert die gesellschaftlichen

Grundsätze erschüttert. Jetzt sind wir dran. Werden wir die Mutanten des 21. Jahrhunderts!«

»Wenn wir nichts machen, wächst bald ein ganzer Wald an Häusern ohne Männer in Paris«, ruft Paul.

Théo fährt zusammen.

»Wie sollen wir die Epidemie stoppen, wenn sie uns alle verlassen?«

Die Statistiken verharmlosen die Anzahl der Trennungen, die vom weiblichen Part ausgeht, denkt Max. Für den Einzelnen ist das unheimlich brutal. Ihre Gemeinschaft ist nur eine Übergangsphase. Und dann? Es ist sicher kein Zufall, dass die Schule zu einer Zufluchtsstätte für verletzte Männer geworden ist.

»Unsere Ausflüge und Diskussionen sind ein guter Anfang. Jetzt sollten wir in den nächsten Gang schalten. Keine Anklageschriften und keine Machtspielchen. Manche Frauen wollen sich abkapseln. Wir sollten uns dafür einsetzen, Männer und Frauen auf allen Ebenen zusammenzubringen. Wenn man der Liebe die Tür vor der Nase zuschlägt, schleicht sie sich durchs Fenster rein«, posaunt Fabrizio.

»Man müsste einen richtigen Hype auslösen. Paul meinte ja, die Mieterinnen in dem Haus sind ohne Männer glücklich. Ich respektiere ihre Entscheidung, aber ich bin überzeugt, dass es auf Männerseite völlig sinnlos ist zu versuchen, ohne sie glücklich zu werden. Reichen wir den Unbefriedigten die Hand, die noch kein Gelübde für ein testosteronfreies Leben abgelegt haben. Wenn wir sie überzeugen wollen, müssen wir die Hosen runterlassen.«

Angesteckt von der Begeisterung seiner Mieter schlägt Max vor, dass jeder darüber nachdenkt. Er biete den Prüden gern einen geschützten Raum, eine Art Plattform, auf der alle ihre Geschichten teilen können.

»Dürfen sie darauf antworten?«

»Ich hab eine Idee!«, ruft Fabrizio.

»Willst du wieder eine Theorie ausbrüten oder uns ins Paragliding einführen?«

»Ich würde den Frauen gern sagen, dass wir sie lieben.«

Simon lacht los.

»Hervorragend!«

»So weit sind wir noch nicht«, murmelt Théo.

»Ich geb's ja zu, so ein Geständnis ist krass«, erwidert Fabrizio. »Aber es ist wahr. Wir müssen nur noch rausfinden, wie.«

»Ist bestimmt einfacher, es allen zu sagen, als sich persönlich zu engagieren.«

Simon steht auf und geht mit großen Schritten auf und ab. Dann bleibt er stehen und guckt sie an.

»Liebe! Liebe! Könnt ihr definieren, was das überhaupt ist?«

# 17

Ein lang anhaltender Schrei hallt durch die Nacht. Fabrizio schreckt aus dem Schlaf. Kein Zweifel, das war eine Frau, die zum Höhepunkt kommt! Jetzt kann er bestimmt nicht wieder einschlafen. Er lauscht, lauert auf ein weiteres Lebenszeichen eines weiblichen Gastes im Haus.

Paul vergräbt das Gesicht zwischen den kleinen Brüsten der Auserwählten. Um ein Uhr nachts wird man ihn kaum erwischen. Sie stecken alle längst im Bett und sind tief in Träumen versunken.

Max setzt sich im Bett auf und wundert sich, starrt ins Leere. Wer hat die Regel gebrochen?

Der Einzige, der noch nicht geschlafen hat, hat nichts gehört. Théo hat die Kopfhörer auf und ist völlig gefesselt von ein paar Cowboys, die auf Giraffen reiten.

Lächelnd unterbricht Simon die Tinder-Suche, dann stürzt er sich noch eifriger hinein. Einer von ihnen war wohl erfolgreicher als er. Der Schuldige wurde bestimmt zum Direx ins Büro gerufen und bekam eine angemessene Strafe, entsprechend dem Zölibat, das er ihnen allen und besonders sich selbst auferlegt.

Von seinem Fenster aus sieht Max, wie eine Gestalt über den Hof läuft. Das Tor quietscht. Ausschleusung geglückt.

Paul hat einen Nachgeschmack von Betrug im Mund. Wozu das alles? Warum hatte er sich ausgerechnet die Schule für das Intermezzo ausgesucht anstatt des Hinterzimmers im Laden oder ein Hotel? Jetzt, wo sie weg war, fragte er sich das. Sie ... Wie noch mal? Er erinnert sich nicht mal mehr an ihren Namen. Was den Dialog zwischen den Geschlechtern angeht, den Max empfohlen hat, ist er keinen Millimeter weitergekommen. Er hasste es, dafür ins Hotel zu gehen und auf solche wie ihn selbst zu treffen. Vielleicht störte ihn das »wie ihn selbst« am meisten. Ausweichende Blicke, das Bedürfnis nach einem Intermezzo, wie bei ihm, ein Drang, den man unmöglich leugnen konnte. Der Mann am Empfang tat so, als betrachtete er sie als ganz normale Gäste, weil sie Geld in die Kasse brachten. Einen Moment lang hatte er erwogen, sie mit ins Hinterzimmer zu nehmen, aber die Erinnerung daran, wie Marjolaine hereinplatzte, quälte ihn immer noch. Der Spaß, sich gegen ein Verbot aufzulehnen, hatte ihn überzeugt. Eine Frau hereinschmuggeln, hierher, ins »Kloster«, in dem Wissen, dass seine Kameraden brav in ihren Mönchszellen schliefen, hatte die Erregung noch gesteigert. Dabei hatte er sich doch geschworen, keine andere Frau mehr anzufassen. Er seufzt zufrieden. Manchmal ist der Instinkt stärker als jede Vernunft. Und wie gut das tut!

Einmal befriedigt, schläft er normalerweise sofort und

wie erschlagen ein. Heute schmollt der Schlaf. Eigentlich mochte er kleine Brüste noch nie. Max behauptet, seine Schlafstörungen kämen vom schlechten Gewissen. Er liegt auf den Satinlaken, die Hände hinterm Kopf verschränkt, und fantasiert; die Erinnerungsbilder kommen in das dunkle Zimmer zurück, das eine so gut wie Unbekannte soeben verlassen hat.

Er ist siebzehn Jahre alt und hat das Abi in der Tasche. Wie jeden Sommer haben seine Eltern eine Villa in Arcachon gemietet. Das Haus ist jetzt schon voller Gäste. Er wohnt hinten in der Gartenlaube, zusammen mit François, seinem besten Freund, und Annette, er ist wahnsinnig verliebt in sie. Sechs Monate ist ihre erste Begegnung her, und noch immer fragt er sich, wie ein Typ wie er zu einer solchen Freundin kommt, so besonders scheint ihm ihre Beziehung. Küsse, Lachanfälle und ein paar kleinere Streitereien, allein für das Vergnügen, sich hinterher wieder zu versöhnen.

Spiele im Geist, Körper, die verschmelzen, Seelen, die sich begegnen.

Als François einmal mit Freunden angeln ist, spaziert Paul mit seiner Liebsten durch eine Allee aus Pinien und Ginster. Mit einer einzigen vertrauten Geste verständigen sie sich auf ein letztes Bad im Meer. Die Allee führt zum Strand und wird zu einem schmalen Pfad, auf dem man hintereinandergehen muss. Farnblätter streicheln ihre Waden. Annette geht voran, ihre engen, winzigen Shorts umspannen die herrliche Rundung ihres Pos. Ganz nah das Rauschen der Brandung.

»Ich muss dir was sagen … Ich mag François. Wir haben miteinander geschlafen. Mit ihm war alles so selbstverständlich.«

Erschüttert und unfähig zu reagieren, fragt er:

»Was sagt François dazu? Ist er verliebt in dich?«

»Er sagt, du verstehst das schon. Ich wollte dich nicht anlügen. Glaub nicht, dass ich dich nicht mehr liebe. Es ist kompliziert.«

Paul schweigt, hebt einen Stein auf und wirft ihn zornig in den Sand. Dann rennt er los und stürzt sich ins Meer.

Er findet das Parfüm vom Maschinchen, mit dem das Kopfkissen getränkt ist, unerträglich. Er macht das Fenster auf.

Mit siebzehn nahm er Bindungen und Freundschaften noch ernst. Das Leben bei den Hörnern packen, voller Leidenschaft. Der zweifache Verrat hatte ihn gebrochen. Kurz darauf hat er Max kennengelernt. Max mit seiner Ethik, seiner Treue, seinem Sinn für Werte. Max, sein Trauzeuge. Ein echter Freund, der Bruder, den er nie hatte. Den er heimlich bewundert. Nach dem Abi ist er nach Paris gegangen und hat sich an der Uni in der Rue d'Assas eingeschrieben. Seine Familie hatte entschieden, dass er Anwalt werden soll. Die von Max auch. Sie kamen fast immer zu den gleichen Seminaren zu spät. Ziemlich schnell bildeten sie ein Gespann. Max entschied sich schließlich fürs Unterrichten, und er selbst zog nach Culoz, um Optik zu studieren. Max besuchte ihn in den Ferien, die Eisenbahn hielt großzügigerweise in seinem Kaff. Max liebte die Natur, den Wald, redete von seinen Vorhaben und vor allem von Louise. Paul liebte das Studium und die Mädchen. Sein gebrochenes Herz heilte in den Armen flüchtiger Bekanntschaften. Er fürchtete feste Bindungen. Der Tapetenwechsel hatte geholfen, aber tief im Inneren misstraute er jeder Frau, auf der sein Blick verweilte. Er hatte sich geschworen, nie wieder den fatalen Fehler zu begehen, eine einzige zu lieben.

Bei der Dreierwette setzt man für den sicheren Sieg auf mehrere Pferde. Er hatte die gleiche Regel für sein Liebesleben aufgestellt. Trotz seiner Ehe mit Marjolaine blieb er dieser Maxime treu. Er sah jede stets nur ein Mal, merkte sich ihre Namen nicht, und damit stand für ihn Marjolaine an erster Stelle. Auf diese Weise betrog er sie eigentlich nicht.

Mit siebenundvierzig kommt ihm dieses Sicherheitssystem eher wie das eitle Stolzieren eines Gockels vor. Seine Verführungskünste dienen ausschließlich der Selbstbestätigung, er verschwendet keinen Gedanken daran, was die Frauen sich von diesen flüchtigen Umarmungen erwarten. Wem außer sich selbst kann er mit seinen schönen Tiraden über das Begehren noch etwas vormachen?

Ohne Marjolaine ist das Gleichgewicht gestört. Sie wird ihm nie verzeihen, und doch sind ihre Racheakte zweifellos Liebesbeweise. Er sehnt sich bereits nach der nächsten Offensive. Was wird sie sich wohl da wieder ausdenken?

Er nimmt den Ehering vom Nachttisch, liest den eingravierten Satz: *Du, nur du allein*. Er steckt den Ring an und schläft ein.

# 18

Paul wartet mit seinem Auftritt, bis alle am Frühstückstisch sitzen.

»Habt ihr letzte Nacht auch das Fauchen einer Katze im Frühling gehört?«, fragt Simon feixend.

Fabrizio lässt keine Gelegenheit aus, sich über Paul lustig zu machen.

»Jedenfalls war es weder eine Katze, der man bei lebendigem Leib das Fell über die Ohren zieht, noch eine Gans, der man die Kehle durchschneidet, noch eine Lachmöwe.«

Paul schiebt sich zwischen Théo und Max. Er genießt den Moment, lässt sich Zeit, schenkt sich Kaffee ein, trinkt in aller Seelenruhe einen Schluck und stellt die Tasse hin, ehe er verkündet: »Ausnahmsweise sage ich mal die Wahrheit. Gestern Abend hab ich eine Frau mit aufs Zimmer genommen.«

»Was du nicht sagst«, gluckst Simon.

Er macht den Schrei nach. Fabrizio unterstützt ihn mit Backgroundvocals.

»Wollt ihr raten, wer es war?«

Fabrizio lacht. »Nicht genug Indizien, wir haben nur den Schrei.«

»Was für ein Schrei?«, fragt Théo.

»Um 01 Uhr 12«, erläutert Simon. »Das weiß ich, weil ich da gerade auf Tinder war.«

»Gut, ich will mal nicht so sein, ihr kriegt mehrere Antwortmöglichkeiten. A: die Tochter des Fotografen. B: die Buchhalterin. C: Madame Gillou. D: die Bäckerin.«

Fabrizio spottet: »Uns hat ganz dringend noch jemand gefehlt, der Witze macht.«

»Wenn ihr ein Rezept habt, immer her damit«, meint Théo.

»Im Pensionat würdest du jetzt rausfliegen«, fügt Simon hinzu.

»Ja, sprechen wir doch mal über die Regeln«, mischt Max sich ein.

Paul verzieht das Gesicht. »Entspann dich, kleiner Wolf. Du wirst doch nicht wegen eines Schreis ausflippen. Oder hast du's so nötig? Seien wir ehrlich, es fehlt uns allen. Wer von euch würde nicht eine Kiste Champagner gegen ein Schäferstündchen am Morgen eintauschen? Lasst uns die Regeln ändern, schließlich haben wir sie gemacht. Ab gestern mindestens zwei Frauen pro Monat und Person zwischen Mitternacht und fünf Uhr morgens.«

»Das passt wirklich nicht dazu, wie wir mit Frauen reden wollen. Merkst du überhaupt, wie du über sie sprichst, Paul? Das sind doch nicht die Ideale, denen wir uns verpflichtet haben! Die Regel bleibt. Ich will nicht, dass Louise denkt, die Schule sei eine Bumsbude.«

»Louise ist nicht da! Hör auf. Du machst dich doch lächerlich ...«

Fabrizio, Simon und Théo senken die Köpfe, bestimmt

werden sie gleich Zeugen einer Szene, die sie nichts angeht.

»Jungs, ich hau ab«, sagt Théo. »Ich frühstücke woanders weiter. Keine Lust auf eure Streitereien.«

»Tschüss, bis heute Abend.«

Sie sehen ihm nach, wie er mit schleppenden Schritten hinausgeht. Nächste Woche hat er Geburtstag. Ihnen kommt die Idee, sie könnten sich eine besondere Überraschung für ihn ausdenken, um ihn aufzumuntern, seine Augenringe verschwinden lassen. Vor allem soll er sehen, dass der Fünfundfünfzigste für einen Neubeginn steht. Die Zukunft ist ein unbeschriebenes Blatt und, in seinem Fall, der Anfang als freier Mann.

Wie sollen sie der Tristesse, die Théo anhaftet, Freude einhauchen? Max verlässt sich auf die anderen und geht zur Arbeit. Was die Zurückbleibenden angeht, bloß kein Sport, ihnen tun vom Rudern noch die Muskeln weh. Pauls Vorschlag, ein Theaterbesuch, ist den anderen beiden zu abgehoben. Simon grinst und schlägt einen nächtlichen Ausflug zum Jahrmarkt vor. Die Schausteller haben ihr Herbstquartier in den Tuilerien aufgeschlagen. Sie wollen aufs Riesenrad, unverstellte Sicht auf Paris, Schwindel beim Runterfahren garantiert, Liebesäpfel, so viele sie wollen, Schießbuden.

Paul erklärt: »Wenn ich ein Plüschtier gewinne, schenke ich es Max, damit er mir verzeiht.«

Ein paar Tage später sind die fünf auf dem Weg zu den Tuilerien. In der Metro bleiben sie nicht unbemerkt. Schwierig, sie einzuordnen. Junggesellenabschied? Eine

Pfadfindergruppe, eine Bande alt gewordener Teenager oder Studenten auf Sauftour? Théo sieht sich im Fenster der Bahn und findet sich ganz in Ordnung in der schwarzen Lederjacke. Er fährt sich mit der Hand durchs dichte Haar. Zum Glück haben ihm die jüngsten Ereignisse keine neuen grauen Haare beschert. Heute Abend fühlt er sich besser. Nett, die Männer aus der Schule. Er hatte feuchte Augen bekommen, als sie ihm von dem Ausflug ihm zu Ehren erzählten. Alle hatten sich frisch rasiert. Das ganze Haus duftete nach Aftershave. Ein Spruchband mit den Worten *Alles Gute zum Geburtstag* schmückte den Flur.

Die Bahn gleitet in den Tunnel. Eine Brünette mit ultrakurzem Rock und einem 95F-Busen, der beinahe aus der viel zu engen Bluse hüpft, hält sich an der Stange fest, als wollte sie für eine Pole-Dance-Nummer üben. Ohne sich abzusprechen, sehen alle gleichzeitig Paul an und warten auf eine Bemerkung.

»Echt cool, Leute, danke, aber ich denk nicht nur an das eine. Übrigens müssen wir hier raus.«

Sobald sie die Tuilerien-Gärten betreten haben, besorgen sie sich erst mal eine Runde Bier und Schmalzgebäck und schlendern gemütlich an den Ständen entlang.

»Ich war mal Meister im Pfeifenschießen«, behauptet Fabrizio.

»In welchem Jahr?«, ruft Paul mit spöttischem Grinsen.

Simon kauft Tickets mit dem Geld aus der Gemeinschaftskasse, und wenig später hat Max einen riesigen Teddybären unterm Arm.

Sie besuchen das Spiegelkabinett und entfernen sich voneinander, gehen näher, lachen, fuchteln mit den Armen, strecken die Zunge raus, stolzieren mit stolzgeschwellter Brust umher und fotografieren sich.

»Wie fühlt man sich denn so mit fünfundfünfzig?«, fragt Simon Théo am Eingang zum Labyrinth. »Ich hab nämlich schon richtig Schiss, weil ich bald sechsunddreißig werde.«

»Schwer zu sagen«, seufzt Théo.

Sie trennen sich, verirren sich. Théo läuft gegen einen Spiegel. Die anderen warten geduldig am Ausgang.

»Na, sag mal, mit deinem Orientierungssinn ist es ja nicht so weit her!«

»Kommt, wir fahren Karussell.«

Wie zufällig steigt Max auf einen Bernhardiner, Paul auf eine Hirschkuh. Théo nimmt ein Feuerwehrauto. Simon einen Krankenwagen. Und Fabrizio einen Cadillac. Sie werden wieder zu Kindern, tun, als wollten sie sich die Bommel schnappen, überlassen sie aber letztendlich Théo. Weit weg von *Second Life*, im echten Leben, kann er ebenfalls einer Hirschkuh neben einem Krankenwagen begegnen, während im Hintergrund Musik aus Tahiti läuft. Um das Karussell herum sitzen Mütter, die sich über die riesigen Gestalten in den kleinen Fahrzeugen amüsieren und dabei ihre Kinder ganz vergessen, die bei jeder Runde winken. Wie vorgesehen schnappt Théo sich die Bommel. Er fragt sich, ob er sie einem Jungen oder einem Mädchen schenken soll, und beschließt, sie dem kleinen Mädchen hinter ihm zu geben. Ihr Lächeln wird gleich noch strahlender, stolz hält sie die Trophäe hoch.

Als sie die Plätze wechseln und noch eine Runde drehen wollen, schlägt der Schausteller ihnen vor, lieber etwas anderes auszuprobieren.

Théo spendiert eine Runde Zuckerwatte.

»Habt ihr den Hintern gesehen?«, tönt Fabrizio. »Ich geb ihr zehn Punkte …«

»Du übertreibst, das waren höchstens acht.«

Paul packt die Gelegenheit beim Schopf.

»Ihr regt euch über meine Beziehung zu Frauen auf und wedelt bei der erstbesten Henne mit dem Schwanz. Nicht einer hier ruft die anderen zur Ordnung. Macho-Allüren fangen mit dämlichen Sprüchen an. Und die reißen wir alle. Ja, du auch, Max, auch wenn du hinter deiner Zuckerwatte so unschuldig tust.«

Kleinlaut, aber vergnügt setzen sie sich auf die Metallumrandung des Autoscooters.

Max holt eine Schachtel aus dem Rucksack und legt sie Théo in den Schoß. Sie haben zusammengelegt. Fabrizio hat die Geschenke aufgetrieben: drei Stunden im Fitnessstudio, Antifaltencreme, ein Buch über die erfolgreich gemeisterte Midlife-Crisis, eine Tinktur gegen Haarausfall, Kondome mit Geschmack und ein Gutschein für einen Termin bei Mesdames des Cartes, Hellseherinnen seit Generationen.

Ihr Lachen und die Geschenke, die genau ins Schwarze treffen, sorgen dafür, dass Théo sich lockermacht. Seine Stirn ist immer noch zerfurcht, aber heute, an seinem Geburtstag, sieht er so alt aus, wie er ist, und nicht zehn Jahre älter. Liegt das vielleicht an seinen leuchtenden Augen?

# 19

Vier Uhr morgens. Schritte haben Max geweckt. Widersetzt sich Paul erneut dem Verbot? Schleicht Fabrizio mit seinen komischen Arbeitszeiten für einen nächtlichen Snack in die Küche? Er hat die Nase voll von all den Leuten in seiner Schule! Immer wieder sehnt er sich nach dem Alleinsein. Seit Kurzem schläft er schlecht. Die anderen schlafen wieder ein, er nicht. Er wälzt sich herum, drückt das Kissen an sich, lauert auf das spezielle Knarren der dritten Stufe, das Heulen des Windes oder das Klappern der Fensterläden von gegenüber.

Ihm fehlen Louises Geräusche. Vor drei Monaten hat sie ihn gebeten, Fabrizio aufzunehmen, und ihm seine Bücher gebracht. Seitdem nichts mehr. Warum reagiert sie nicht auf seine zärtlichen Nachrichten? Das ist genauso seltsam wie die knallharte Distanz zwischen ihnen. Sie ist die Einzige, die ihn auch in den winzigsten Kleinigkeiten des Alltags kennt, die Einzige, die ihm am Gesicht ablesen kann, was los ist, die Einzige, die weiß, dass er nur einen Viertellöffel Zucker in den Kaffee tut, die Einzige, die ihr morgendliches Ballett im Bad genauso lustig findet wie er. Sie hatten ihre Sprache, ihre Witze, ihre Rangeleien beim

Aussuchen von Filmen. Es rührte ihn, wenn sie ihm liebevoll den Kragen zurechtzupfte, ehe er zur Schule ging. Das gemeinsame friedliche Schweigen fehlt ihm schmerzlich.

Sie hatte das Parfüm gewechselt. Hat sie jemanden kennengelernt? Sie hat seine Frage nicht beantwortet. Und er, könnte er eine andere lieben?

Mit einem Ruck steht er auf, zieht einen Pulli über die Schlafanzugjacke und holt aus dem Schuppen die rote Farbe, die Louise nicht wollte. In der riesigen Küche hängt er die Tafel ab und schiebt das große Wolfsmilchgewächs beiseite, das Théo ihm geschenkt hat. Merkwürdige Wahl! Es pikst ihn ein bisschen. Wollen Männer, die Kakteen verschenken, damit etwas sagen? Dann klebt er Boden und Decke mit blauem Klebeband ab. Er erträgt das ganze Weiß nicht mehr! Plötzlich schreit dieses Weiß in ihm: Nichts, Leere, endlos langes Warten!

Angespannt, kurzatmig und mit ruckartigen Bewegungen macht er sich daran, die Wand zu streichen.

Es ist das Rot seiner Liebe, seiner Wut, und wenn er es genau betrachtet, entspricht es exakt dem Rot von Marjolaines Graffiti.

Je öfter er die Rolle in den Farbeimer taucht, desto ruhiger wird er, seine Schultern senken sich, seine Atmung wird langsamer. Er trällert vor sich hin, denkt an ein Teufelchen, an Rotkäppchen.

Die Haustür quietscht. Jemand pfeffert die Schuhe von sich. Lederjacke, würziger Duft: Fabrizio.

»Mach nicht solchen Krach, du weckst die ganze Bagage«, sagt Max.

»Du arbeitest mitten in der Nacht? Muss doch nicht

sein. Ich kann dir eine Woche lang helfen, wenn du willst. Ich stecke grad zwischen zwei Gigs … die Freuden der prekären Beschäftigung. Wow! Das Rot gefällt mir!«

»Wie war dein Konzert?«

In Lederjacke und Socken setzt sich Fabrizio rittlings auf einen Stuhl.

»Ein paar wütende Weiber wollten den Zugang zum Saal versperren. Einer der Musiker soll eine Backgroundsängerin belästigt haben. Männer stehen gerade nicht hoch im Kurs. Überall werden sie runtergemacht. In Büchern, Comics, Filmen. Und Theaterstücke, Sketche, Slogans, Plakate, es wuchert nur so. Femen tun barbusig ihren Ärger kund. Am Donnerstag sind Frauen mit einem Sarg vorbeigezogen. Der Tod stand für die Männlichkeit. Sie haben die Männlichkeit in einen Sarg gesteckt! Eine Bewegung von unten, in der alles zusammenkommt. Ein Vermengen von allem Möglichen in einem Klima des Misstrauens und der Verwirrung. Ein allgemeines ›Nase voll von den Männern‹. Und wir alle bezahlen ständig für Fehler, die wir nicht gemacht haben. Versteh mich nicht falsch, Machtmissbrauch und Gewalt gehen gar nicht, die Dinge müssen von Grund auf anders werden. Wir müssen reifer werden, uns entwickeln, verändern. Aber nur, weil es ein paar Arschlöcher gibt, sind nicht gleich alle Männer Schweine.«

Max entkorkt eine Flasche, schenkt zwei Gläser ein.

»Gib mir einen Pinsel, ich kümmere mich um die Ecken«, sagt Fabrizio. »Dort unten ist es schwieriger. Mit einem feinen Pinsel male ich nicht drüber …«

»Wir sind trotzdem ganz schöne Idioten. Zwei Jahre

lang habe ich nicht gemerkt, dass ich Louise vernachlässige. Kein Wunder, dass sie abgehauen ist. Fabrizio, guck mich mal an und sei ganz ehrlich: Warst du nie egoistisch?«

»Keine Ahnung. Saskia nimmt mir jedenfalls die Luft zum Atmen, ich habe ständig Schiss, dass ich ihren Ansprüchen nicht genüge.«

»Du machst es dir zu einfach, wenn du dein Verhalten mit den Genen rechtfertigst. Frauen kommen nicht mit einem Wasch-, Spül- oder Koch-Gen auf die Welt. Klo putzen oder Windeln wechseln finden sie genauso unangenehm wie Männer. Vielleicht brauchen wir genauso lange, uns zu entwickeln wie sie, bis sie endlich das Recht bekamen, Hosen zu tragen, ein Konto zu eröffnen oder zu wählen.«

»Ich möchte Saskia auf meine Art lieben.«

»Meist sind es die Frauen, die gehen. Wenn sie ohne uns leben können, warum können wir das dann nicht?«, fragt Max. »Wann bügeln wir unsere Hemden selbst, anstatt zu fragen: ›Wo ist mein blaues Hemd?‹«

»Zu Hause bei meinen Eltern wurde meine Wäsche immer von meiner Mutter und meinen Schwestern gewaschen, gebügelt, gefaltet und aufs Bett gelegt. Ehe ich Saskia kennenlernte, ist es mir nicht mal aufgefallen.«

»Damit hat dir deine Mutter keinen Gefallen getan. Du bist der wandelnde Beweis dafür, welchen Einfluss die Erziehung von Jungen auf ihre späteren Beziehungen hat.«

»Nicht so einfach, seinen Platz zu finden, wenn ständig mit dem Finger auf einen gezeigt wird. Da sperrt man sich ganz schnell. Aber die Mütter sind nicht allein verantwortlich. Wenn ich gesehen hätte, wie mein Vater bügelt oder den Geschirrspüler ausräumt, wäre ich nicht hier.«

Sie gähnen. Max macht das Radio an. Fabrizio tunkt den Pinsel ein wenig zu heftig in den Farbeimer. Ein roter Klecks landet auf seinem Fuß.

»Wir sind in einer privilegierten Position«, sagt Max. »Diese Stellung kann sich in unterschiedlichen, kaum wahrnehmbaren Formen äußern ... wie zum Beispiel, dass wir den Worten einer Frau weniger Gewicht zuschreiben. Wir müssen uns selbst hinterfragen, beobachten, wie wir mit diesem Privileg umgehen, im Alltag darauf achten, es nicht einfach hinzunehmen, als ob es uns zustünde. Uns zurücknehmen ... Der Mann hat eine bestimmte Rolle: Sprache, Zuhören, Verhalten ...«

»Ich möchte keine Frau sein.«

»Wir erkennen das alles nicht genug an«, fährt Max fort. »Unsere Partnerinnen ächzen unter der ständigen Last der Verantwortung, die auf ihnen liegt: Alles koordinieren, vorausschauend handeln, damit zu Hause immer alles für jeden läuft. Abschalten ist unmöglich. Sie haben den Kopf voll mit endlosen Listen alltäglicher Aufgaben. Einen Geburtstag planen, ein Familienessen, die hundertjährige Großmutter im Seniorenheim besuchen, sich um die alternden Eltern kümmern, Socken zusammensortieren ... Wenn ich aus der Schule gekommen bin und mir ganz selbstverständlich eine Atempause vorm Fernseher genommen habe, hat Louise weiter ihre To-do-Liste abgearbeitet.«

»Saskia ist manchmal mitten in der Nacht aufgesprungen und hat ihren Nachttisch mit Post-its vollgeklebt. Zu viel Perfektionismus führt zu Schlafstörungen, wie man sieht.«

»Ein Männerklischee, aber immer sind die Frauen diejenigen, die das machen. Im Verduften sind wir ganz groß. ›Ruf mich, wenn du Hilfe brauchst. Kannst doch mal was sagen! Gleich, jetzt gerade kann ich nicht. Ich kümmer mich nachher drum.‹ Hast du schon mal zu jemandem gesagt: ›Ich habe Glück, meine Frau hilft mir im Haushalt.‹?«

Max seufzt.

»Ich hab unsere Beziehung laufen lassen. Hab mir die Flügel verbrannt. War nicht mehr aufmerksam. Eine Frau ist nie eine Selbstverständlichkeit.«

»Seid ihr oft ausgegangen?«

»Zu müde.«

Fabrizio tritt einen Schritt zurück, betrachtet die Wand.

»Mit dem ersten Anstrich sind wir fertig. Nur noch zwei.«

»Danke für deine Hilfe. Schon vor der Renovierung hat Louise deutlich mehr gemacht als ich. Ich war ihr sehr dankbar. Ich habe mich vielleicht nicht oft genug bedankt. Wenn du glaubst, dass es überflüssig ist, sich bei deiner Frau zu bedanken, weil das, was sie tut, selbstverständlich ist, dann denk daran, dass du dich jedes Mal beim Lichttechniker bedankst, wenn er dir beim Tragen hilft.«

»Ich bedanke mich auf meine Art bei Saskia. Vergiss nicht, ein Lied, fünf Möglichkeiten.«

»Zum Glück werden nicht alle Frauen militante Extremistinnen, aber alle wünschen sich respektvolle Partner und mehr Gleichberechtigung. Soll ich Blumen auf die Türen malen?«, fragt Max.

## 20

»Entschuldigt die Verspätung ... Ein gebrauchter Tag heute im Laden, ich musste die Kasse dreimal nachzählen.«

Paul holt drei Flaschen Wein aus dem Rucksack.

»Heute Abend feiern wir die Ankunft des Beaujolais«, verkündet er. »Für die, die ihn lieber kalt trinken, stelle ich welchen in den Kühlschrank.«

Regen klatscht gegen die Fenster. Im Hof wirbelt der Wind. Die toten Blätter unter der Linde verleihen der Stimmung an diesem Novemberdonnerstag einen Extraschuss Wehmut, so trüb wie ein Sonntag. Alle sitzen am Küchentisch, nur Simon experimentiert mit einem neuen Rezept für Hackfleisch-Kartoffelpüree-Auflauf.

Trunken vom neuen Beaujolais und dem Projekt, das langsam Gestalt annimmt, haben sie Ideen gesammelt und sich über ihre Gefühle ausgetauscht.

»Was könnten wir Frauen sagen, die den Männern abschwören?«, fragt Paul.

»Den Frauen aus dem Haus ohne Männer?«, erkundigt sich Fabrizio.

»Allen, die Männern abgeschworen haben«, meint Simon.

»Habt ihr schon mal einen Liebesbrief geschrieben?«, fragt Max.

»Einen Zettel.«

»Ein Post-it.«

»Und habt ihr schon mal einen bekommen?«

»Nein.«

Paul, in einem mit Margeriten bedruckten Hemd, prahlt:

»Ich habe noch nie einen geschrieben, aber schon Dutzende bekommen.«

»Mein schönster Liebesbrief war eine Postkarte«, seufzt Théo. »Sie hatte sie in Aix-en-Provence eingeworfen. *Was nützt ein wunderschöner Ort, wenn du nicht bei mir bist.*«

»Mein schönster Liebesbrief lautete: *Frohes neues Jahr*«, murmelt Simon.

Sie diskutieren ihre Entwürfe. Max hat in alter Lehrergewohnheit die Tafel abgewischt und notiert Vorschläge.

Théo macht sich Sorgen. »Geben wir uns damit nicht eine Blöße? Das ist ganz schön riskant. In der Zeit könnten wir besser Tapete abkratzen.«

Nach einer Stunde mit viel Gelächter und sich überschlagenden Ideen liest Max ihnen einen Entwurf vor.

*Offener Brief an Frauen, die den Männern abgeschworen haben*
*Liebe Damen,*
*wir haben beschlossen, uns zu äußern.*

*Wir, fünf verlassene Männer, wir haben kein einziges Vorzeichen erkannt.*

*Wir … nicht immer werden wir euren Erwartungen gerecht, nicht immer werden wir den berauschenden Nächten in einem kleinen Hotel am Meer gerecht, den Sonntagvormittagen, zart und weich wie Watte, nicht den endlosen Gesprächen, bei denen wir euch tief in die Augen schauen.*

*Wir wollen verstehen, warum.*

*Wir haben Angst …*

*Angst, nicht mehr im Takt eurer Atmung einzuschlafen.*

*Angst, nicht zu wissen, ob ihr zurückkommt, wenn ihr die Tür hinter euch zuknallt.*

*Angst, dass ihr uns fehlt.*

*Über Generationen haben wir die Alphamännchen gegeben, im Autoscooter, eine Hand am Steuer, einen Arm um eure Schultern, um euch zu beschützen. Wir gaben uns unbesiegbar, damit wir uns nicht verrieten, dabei waren wir vollkommen panisch, unser Scooter könnte einen anderen rammen.*

*Wir wollen nicht die Rollen tauschen.*

*Wir wollen über unsere Verletzlichkeit sprechen und darüber, was ihr vermisst, über unser Schweigen und eure Bedürfnisse, unser Protestgeschrei und die Blumen, die wir euch nicht mehr schenken.*

*Wir sind im Stand-by.*

*Keiner von uns fünfen will die Liebe abschreiben.*

*Wir sind nicht mehr die Männer, die wir waren.*

*Wir sind noch nicht die Männer, die ihr erwartet.*

*Wir weinen manchmal und brauchen Zeit, uns neu zu finden. Seht uns nicht als Männer in tausend Stücken, sondern als Männer auf einem guten Weg.*

*In unserer Verletzlichkeit wenden wir uns an euch.*

*Wir schwören nicht ab. Bitte tut ihr es auch nicht! Glaubt weiterhin daran.*

*Unmöglich, sagt der Stolz.*
*Riskant, sagt die Erfahrung.*
*Sinnlos, sagt die Vernunft.*
*Versuchen wir's, flüstert das Herz.*

*Schreibt uns.*
*Max, Simon, Théo, Paul und Fabrizio*
*PS: Wir sind keine Helden.*

Sie sehen sich seltsam angespannt an, sind sich des Riesenschrittes bewusst, den diese Geste bedeutet.

»An wen schicken wir ihn? An unsere Frauen? Eine große Tageszeitung? Sollen wir ein Plakat bedrucken und es in der Metro aufhängen?«

»Auf Facebook, das ist kinderleicht. Das Profil erstell ich euch in fünf Minuten«, schlägt Simon vor.

Nun müssen sie nur noch einen Namen finden; sie schwanken zwischen *Fünf Männer aus dem Häuschen* und *Wir Männer*. Schnell erscheint ihnen *Die Schule der Männer* die naheliegendste Lösung. Untertitel: *Die den Frauen nicht abgeschworen haben*. Zufrieden nehmen sie als Profilbild einen Schnappschuss, den Simon gemacht hat. Auf dem Steg, bei ihrem Ruderausflug. Eng aneinandergedrängt wie Freunde, die in einem Moment der Unbeschwertheit geknipst wurden.

»Also, wollen wir's hochladen?«

»Ja, mach!«

»Seid ihr sicher?«, fragt Théo.

»Zu spät, ist schon raus«, ruft Simon.

Der Auflauf wird ein voller Erfolg.

# 21

Nachdem sie Théo vor einer Woche beim Karussellfahren beobachtet haben, dachten sie, er wäre aus der Depression raus. Aber er schließt sich weiterhin in sein Zimmer ein und lässt das Abendessen ausfallen. Heute Abend haben sie ihn nicht mal gehört, als er nach Hause gekommen ist, er ist nicht zum Fußballgucken aufgetaucht, und sie machen sich Sorgen. Max horcht an seiner Tür, ruft ihn. Keine Antwort. Sie vermuten schon das Schlimmste. Fabrizio rennt in den Hof, lehnt eine Leiter an die Hauswand und verschafft sich wie ein Cop aus Miami Zugang zum Fenster des Zimmers *Caran d'Ache*. Das Zimmer ist dunkel, aber er sieht eine zusammengesunkene Gestalt mit Kopfhörern. Fabrizio pocht gegen die Scheibe, und an seinem aufgeregten Gefuchtel erkennt Théo, dass er die Tür aufmachen soll.

Simon erhält den Auftrag, die Stimmung des Einsiedlers einzuschätzen. Théo entgleitet ihnen, sie haben sich nicht geirrt. Die Bude ist eingerichtet wie eine Festung. Angebrochene Kekspackungen und dosenweise Energydrinks liegen auf dem Boden herum. Auf dem Einzelbett sitzt Théo, Laptop auf den Knien, er halluziniert beinahe von all den Bildern. Simon erkennt die Avatare von *Second Life*. Man braucht ihn nicht erst zu röntgen, um zu begreifen, dass er abgetaucht ist. Simon macht die Tür einen Spaltbreit auf und beruhigt die anderen. Die Lage ist unter Kontrolle. Sie können schlafen gehen.

»Was klebst du hier vor dem Bildschirm? Ist das deine einzige Beschäftigung seit einem Monat?«

»Frag ich dich, was du in deiner Freizeit machst?«

»Erzählst du's mir denn?«

Théo zögert, dann beschreibt er mitreißend die Welt, in der er seit einigen Wochen unterwegs ist, erzählt von seiner neuen Freundin, von den Hotels, in denen sie verrückte Partys gefeiert haben, und den kalifornischen Milliardären, die ihn zu einem Ausflug auf die Kykladen auf ihre Jacht eingeladen haben.

»Die Sonne scheint hier das ganze Jahr. Du solltest auch mal mitkommen«, sagt er spöttisch.

Da das Spiel zehn Jahre alt ist, hatte Simon eine öde Welt erwartet, überholte Technologien und ein paar Spinnweben in den Ecken. Pustekuchen. So also flieht Théo vor seinen Verletzungen.

»Du verwechselst *Second Life* mit dem *real life*.«

»Jetzt redest du wie Fabrizio. Ist mir egal, ich bin erfolgreich, ich bin jung, total fit, endlich wieder ein Mann. Und obendrein bietet ein Psychologe Sitzungen zu virtuellen Gefühlen an.«

»Falsch! Dein Avatar ist erfolgreich! Merkst du nicht, dass du in die Falle getappt bist?«

»Das ist keine Falle, sondern eine Lösung!«

»War der Elvis-Putz teuer? Hast du dich mal eine

Sekunde lang gefragt, wie deine Penelope wohl im echten Leben aussieht?«

»Sie heißt Sandy.«

»Womöglich spielt sie, während ihr Mann mit dem Hund Gassi geht. Womöglich spielst du mit ihrem Mann, während sie mit dem Hund Gassi geht. *Creepy!* Du musst das bleiben lassen, Mann. Hast du nicht das Gefühl, Françoise zu betrügen?«

»Kann man jemanden mit einem Avatar betrügen? Und vor allem, kann man jemanden betrügen, der abgehauen ist?«

Théo redet sich ein, ein Ständer wäre kein Fremdgehen, und klammert sich an seinen Laptop, als wollte Simon ihn konfiszieren.

»Lass mich in Frieden. Sandy wartet.«

»Hast du schon mal was von *No Life* gehört? Die kommen nicht mehr davon los. Manche hängen zwanzig Stunden pro Tag vor dem Bildschirm, weigern sich, in die Realität zurückzukehren, zurück in ihren faden, geruchlosen, farblosen Anzug. Sie tragen lieber ihr Superhelden-Cape, sind süchtig nach einem Leben, das schöner und glitzernder ist als ihr echtes. Du musst wirklich aufpassen, sonst wirst du süchtig!«

»Ich weiß, dass es ein Spiel ist, aber während ich spiele, muss ich nicht nachdenken. Begreifst du denn nicht, dass ich das brauche?«

Sie haben kein Licht angemacht. Théos Gesicht wird noch immer vom Bildschirm erhellt. Ausgelaugt. Bleich und angespannt.

»Was sollte denn die Leiter? Habt ihr gedacht, ich bringe mich um? Das ist nicht mein Stil.«

»Du weichst Gesprächen aus. Du schwänzt das Abendessen. Morgens schnappst du dir schnell ein Stück Brot, noch halb im Schlaf, weil du deine Nächte mit dem da vergeudest. Das ist auch eine Art Selbstmord. Ein Gefängnis.«

Ein Gefängnis, in dem ich einen hochkriege, denkt Théo.

»Was willst du von mir? Soll ich weiterhin jammern, weil ich wegen einer Tussi verlassen wurde? Du bist auch nicht besser, deine wollte lieber den Köter als dich. Erbärmlich!«

»Ich hab mir immer vorgestellt, wie Maries Chihuahua vorm Bett sitzt und uns beim Sex zuguckt …«

»Wie kommst du denn damit klar? Was ist dein *life*?«

»Ich denke nach. Ich komme voran. Mir wird klarer, was ich will, und vor allem, was ich nicht will. Ich will kein Haus-Hund-fauler-Sonntag-Leben. Ich schwirre von Blume zu Blume, sammele Blütenstaub, lächle. Die unmittelbare, instinktive Vertrautheit ohne Tabus mit jemandem, den man nicht kennt, fasziniert mich. Das ganze Drumherum braucht man gar nicht.«

»Drumherum?«

»Das Vorspiel. Und hier trage ich was zur Gemeinschaft bei. Das tröstet mich. Ich lasse den Teenager, der ich war, als ich ankam, hinter mir. Ich bin ein Sammler von komplizierten Frauen. Ich glaube immer ganz fest dran, und dann fall ich auf die Schnauze. Am Anfang ist es lustig, dann stürzt alles ein. Das Mantra der letzten war: *No kids save the planet*. Sie hat so Sachen rausgehauen wie ›Die Verschmutzung gelangt über die Füße in den Körper‹. Es gibt einen Unterschied zwischen umweltbewusst und besessen. Asphalt, Mülltrennung, nichts Abgepacktes, Glasflaschen, Stoffbeutel, Kreislaufwirtschaft, *no waste, no plastic*, Recycling, nicht baden, nicht reisen, Handwäsche mit Kernseife, feste Zahnpasta! Irgendwann konnte ich nicht mehr. Ich hab einen Orgasmus vorgetäuscht.«

»Vorgetäuscht?!«

»Ja klar, mit Kondom geht das, das merken die gar nicht. Das kannst du simulieren. Du atmest heftiger, stößt einen Schrei aus und hältst still. Fertig! Sie hatte ganz viele Termine im Kalender. Ich dachte erst, da sind Konzerte, oder ein neuer Film kommt raus. Falsch gedacht, montags demonstrierte sie fürs Klima, mittwochs gegen Atomkraft, samstags verteilte sie Flugblätter für saubere Meere. Und bei jeder Tätigkeit rechnete sie sich aus, wie viel Treibhausgas sie produzierte.«

»Und dienstags und donnerstags?«

»Kampf gegen digitale Verschmutzung, was sie nicht dran gehindert hat, Tinder zu nutzen. So hab ich sie kennengelernt.«

»Tinder?«

Simon holt sein Handy raus und zeigt ihm das Foto einer ziemlich hübschen Blondine.

»Guck mal, die hier zum Beispiel. Die ist fünfhundert Meter weg, ganz konkret, jetzt, im echten Leben. Tinder ist eine App, die dich mit Profilen im Umkreis von einem Kilometer verbindet, von Frauen, die dir gefallen könnten. Wenn eine dein Profil liket, piept es. Auf Tinder bin ich Abenteurer, Nomade, Jäger, Sammler, frei wie der Wind. Im echten Leben bin ich immer noch ein unentschlossener, banaler Typ.«

»Du findest es entspannter, angepiept zu werden, als auf einem Strauß durch Brooklyn zu reiten?«

»Mit einer einzigen Frau muss ich auf meine Freiheit verzichten. Der Gedanke, mich fürs Leben zu binden, gefällt mir nicht. Mich reizt eher Polyamorie.«

»Polyamorie?«

»Du machst dir eine schöne Zeit mit Marie, Marion und Marinette, und alle finden's okay.«

»Ist das nicht eher eine billige Ausrede, damit man nicht zugeben muss, dass man ein Arsch ist?«

Théo klappt den Laptop zu.

»Was denkst du darüber, dass manche ihren Mann für Frauen verlassen?«

»Ich hatte mal eine Freundin, die bi war. Persönlich ist das nicht so mein Ding, aber ich respektiere es. Jeder, wie er es mag. Manche haben Phasen, fühlen sich eher weiblich oder männlich. Klar, dass dich das erschüttert. Ist vielleicht leichter, als wenn sie dich für einen Mann verlassen hätte. Oder schlimmer, wer weiß?«

»Ich erkenne Françoise nicht wieder. Sie hat im Rathaus gekündigt. Sie redet von einem Befreiungsschlag und träumt von einer Karriere als Rockstar. Sie kifft und tut so, als ob sie endlich das Leben genießt. Was soll ich da denken, über all die gemeinsamen Jahre? Unsere Kinder, die wir großgezogen haben? Ich habe mit einer Fremden gelebt. Wie in dem Lied von Sting, weißt du? *Englishman in New York*. Ich hatte noch nie so viele Zweifel. Ständig stelle ich meinen eigenen Wert infrage.«

Simon rückt seinen Stuhl näher heran.

»Das lässt sich nicht kontrollieren, man kann ein Herz nicht am Schlagen hindern oder eine beginnende Liebe stoppen. Gefühle sind nicht logisch. Chemie, zur richtigen Zeit am richtigen Ort, Synchronizität, Zufall ... Der Rest ist Entscheidung. Nutz diesen Ort hier. Nutze uns. Wir sind in einem privilegierten Raum. Wollen wir unten einen Kaffee trinken?«

Simon und Théo gehen in die Küche. Die Schranktüren sind tomatenrot lackiert. Auf der Theke thront eine Espressomaschine, daneben eine bunt zusammengewürfelte Sammlung an Bechern und Tassen.

»Ich habe meine Wohnung nie aufgegeben, bis Marie kam«, sagt Simon. »Als sie mich rausgeschmissen hat, musste ich auf einer Sitzbank in einem fensterlosen Büro kampieren. Dann bin ich hier gelandet.«

»Willst du länger bleiben?«

»Im Moment gibt mir das Sicherheit«, erwidert Simon.

»Sicherheit? Wovor?«

»Meinen Schwächen, den Fehlern, die ich wiederholen könnte, wenn ich nicht hier bei euch leben würde.«

»Na gut, dann bleib ich auch. In Sicherheit vor meinem eigenen Scheiß.«

## 22

Seit einer Weile kredenzt Paul ihnen nostalgische Desserts. Er hat seine Liebe zum Backen wiederentdeckt, eine Fähigkeit aus der Zeit, als seine Kinder noch nicht zur Schule gingen. Danach, das kann er nicht abstreiten, glänzte er durch Abwesenheit.

»Saskias Geschenk wird jeden Moment hier sein«, verkündet Fabrizio lauthals und nimmt sich eine zweite Portion Île flottante.

»Ach ja, heute Abend ist ja *Sex and Fun* angesagt!«

Alle fünf stoßen auf die bevorstehenden Genüsse an. Sie denken an eine Stripperin, eine Cheerleaderin oder Madame Gillou als Zimmermädchen verkleidet in einer Torte. Sie machen plumpe Witze, trinken mehr als sonst und recken die Brust.

Punkt zweiundzwanzig Uhr klingelt es, die Überraschung ist da: rothaarig mit einem Stich ins Mahagonifarbene, lebhafter Blick und rosa Köfferchen. Sie setzt sich auf ein Sitzkissen und bittet sie, Platz zu nehmen. Gleich soll die Sitzung beginnen. Im Bann dieser natürlichen Autorität gehorchen sie.

Ruhig blickt sie einem nach dem anderen in die Augen und erklärt: »Ich wurde eingeladen, um mit euch über weibliche Lust zu sprechen.«

»Ah! Endlich«, seufzt Simon.

»Herr und Frau Sex haben eine Tochter …«, legt Fabrizio los.

»Pscht, lass die Dame reden«, zischt Simon.

»Ein bisschen Ruhe, bitte.«

Sie verteilt Papier und Farbstifte.

»Wie viele weibliche Geschlechtsorgane habt ihr schon gesehen? Zehn, fünfzehn, dreißig? Ich möchte, dass ihr mir eins zeichnet. In fünf Minuten.«

Théo würde am liebsten abhauen. Fabrizio beugt sich tief über das leere Blatt, während Simon die Lehrerin für Matratzengymnastik amüsiert anschaut. Paul kritzelt fieberhaft. Ihm entgeht kein Detail. Liebe kennt keine Zeit.

»Ich hab ein Kurzzeitgedächtnis«, seufzt Max.

»Ich vermisse das total, ich werde noch krank«, murmelt Paul.

Ungerührt sammelt sie die Skizzen ein, mischt sie und zieht eine aus dem Stapel, wie eine Grundschullehrerin es mit Kinderzeichnungen tut.

»So, dann beschreibt mir mal, was ihr seht.«

»Das Bermudadreieck«, platzt Simon los. »Es gibt nicht immer ein Zurück, viele verlieren die Orientierung.«

Es hagelt Bemerkungen.

»Eine Wundertüte!«

»Ein schwarzes Loch!«

»Ein riesiger Mund!«

»Eine Teufelsspirale!«

»Scheiß auf den Namen.«

»Eine Insel«, sagt Max ruhig, als der Sturm sich legt.

»Falsch, werter Schwager, das ist eine Pizza Capricciosa.«

Sie lachen ausgiebig. Die Expertin wird pädagogisch.

»Wisst ihr, was Orgasmus und Lust bedeuten? Neurologen haben herausgefunden, dass der Einfluss der Hormone und Pheromone beim Menschen, genau wie bei Schimpansen, Bonobos, Orang-Utans und Delfinen, gesunken ist, deshalb wurde Belohnung enorm wichtig. Das Ziel der Sexualität beschränkt sich nicht mehr nur auf den Akt und die Fortpflanzung, sondern es geht um neuen, vielfältigen, intensiven Genuss, der durch die Stimulation erogener Zonen zustande kommt. Wusstet ihr, dass das einzige Organ des menschlichen Körpers, das ausschließlich der Lustgewinnung dient, die Klitoris ist? Sie besitzt zwanzigmal mehr Nervenenden als Seine Majestät, der Penis.«

Stille. In sechzig Minuten erklärt sie ihnen wie, wo, warum und wie lange.

Wie eifrige Schüler hören sie brav zu, keiner stört, und noch ehe sie fertig ist, hat Simon bereits online zwei der erwähnten Bücher bestellt. Paul hat alles aufgesogen, er wird kein Buch lesen. Er erkundet lieber andere Wege. Wie am Steuer seines Wagens verlässt er sich auf seinen Instinkt, ohne Straßenkarte.

Er meldet sich: »Wann ist Pause?«

»Jetzt!«

Sie macht ihr Köfferchen auf und holt ein Arsenal an Objekten heraus, stellt sie auf den Tisch: lange, runde, kieselsteinförmige, entenförmige, aus Silikon, in schrillen Farben mit Goldrand, mit Leopardenmuster, ferngesteuert. Sofort wird die Stimmung lockerer.

Paul schnappt sich ein futuristisches Modell, lila, länglich, wie eine Haifischflosse. Fast könnte man es mit dem Schiffchen am Webstuhl seiner Urgroßmutter verwechseln, wäre da nicht die Öffnung an einem Ende sowie die sechs Knöpfe in einer Reihe.

»Ein Brustwarzensauger?«

»Der Rolls-Royce unter ihnen! Ich verkaufe an die fünfzig Stück im Monat. Kein Mann kann je mit der Vibration auf der niedrigsten Stufe und der krassen Steigerung mithalten. Die Frauen warten nicht auf euch, um laut und deutlich zu kommen. Ihr müsst euch mit den Spielzeugen arrangieren, sie gemeinsam ausprobieren, Spaß haben.«

Sie schaltet das Gerät an. Ein tiefes Brummen, wie ein Insekt beim Abflug.

»Wie heißen Sie?«

»Paul«, erwidert der Angesprochene artig.

»Geben Sie mir mal Ihren Daumen, Paul. Spüren Sie den Sog? Auf der Klitoris ist das noch viel intensiver. Wenn er aufgeladen ist, hält der Akku vier Stunden. Man kann ihn auch unter der Dusche, in der Badewanne und ohne Hände benutzen, per Autopilot. Schleifen, Loopings, Schwindel und siebter Himmel garantiert.«

Max kommt sich vor wie am Stand eines Bürststaubsaugerhändlers mit Mikro, rundherum Hausfrauen, die bereitwillig die Geldbörse zücken, um das Zaubergerät zu erwerben.

»Wenn sie entdecken, in welche Ekstase sie das bringt, schalten Ungeduldige, Genießerinnen und Wollüstige direkt auf Stufe 12 und wiederholen es tausendmal. Eine Kundin musste sich einen Tag lang freistellen lassen. Sie hatte sämtliche Stufen ausprobiert, das volle Programm, und kam total fertig bei ihrem Hausarzt an, wie ein ausgewrungener Waschlappen. Er hat sie krankgeschrieben. Manchen muss ich beibringen, ihre Begeisterung zu zügeln, mit der Stufe anzufangen, die sie am wenigsten mögen, und sich allmählich zu steigern, bis zum Höhepunkt.«

Simon sitzt auf dem Sofa und hört zu. Er hat eine Hand in der Hosentasche und streift mechanisch sein Geschlecht.

»Ich kenne einige Frauen, die ihnen Spitznamen geben«, sagt er. »Chéri, Jojo, Momo ... Selbst die, die in einer Beziehung sind, haben heimlich ein Spielzeug in der Handtasche, eins im Küchenschrank und eins im Nachttisch. Schlechter Tag und zack! Schon fliegen sie. Lust auf Schokolade, zack! Ein Orgasmus statt einer Tafel Vollmilch-Nuss. Nachts, wenn sie nicht einschlafen können, ziehen sie die Schublade auf, und zack! Ein kleiner Quickie, während der Ehemann schnarcht.«

»Recht so. Ich habe Kundinnen zwischen fünfzehn und fünfundachtzig Jahren. Früher hatten fast alle Vergrößerungsbrillen, heute sind es Sextoys, jedes Alter, jede Schicht.«

»Testen Sie die alle selbst?«, fragt Paul interessiert.

»Nicht alle, aber viele.«

Paul gefällt ihre freche Art. Plötzlich spürt er eine

gewisse Fiebrigkeit. Wie könnte er sich diskret ihre Nummer besorgen, für ein Rendezvous ohne Chéri, Jojo, Momo oder Royal Sultan?

Théo, der sich seit den ersten Minuten abseits hält, hört verschämt zu, beinahe gedemütigt angesichts des Vortrags dieser allzu provokanten Frau. Er hat das Gefühl, dass sie alle außer ihm anguckt. Als hätte sie begriffen, dass er zu nichts mehr zu gebrauchen ist. Wie viel sie wohl kriegt für solche Vorführungen? Er würde sich gern ein Bier aus dem Kühlschrank holen. Noch besser, eins im Bistro trinken. Aber er bleibt, rührt sich nicht, ohne auch nur den Anflug eines Lächelns, dabei geht es jetzt hoch her, alle sind ausgelassen. Unfähig, irgendetwas zu zeichnen oder sich dem allgemeinen Interesse anzuschließen, nickt er mit einem Kissen auf dem Gesicht weg und entkommt so dem Karneval der Liebeskugeln und Vibratoren mit Häschenkopf.

»Die weibliche Emanzipation spielt sich auch über Sextoys ab«, meint Max, »und das macht uns verwundbar …«

»Ich kannte mal eine, die nie ohne ihren sogenannten ›besten Freund‹ irgendwohin ging. Was uns verband, spielte sich auf einer anderen Ebene ab, die Dinger waren nie eine Bedrohung für mich«, erklärt Simon, die Hand noch immer in der Hosentasche.

Die verhaltene Reaktion seiner Kameraden belustigt ihn. In ihren Köpfen muss es ganz schön brodeln!

»Ich bin sensibel!«, ruft Fabrizio. »Meine Verlobte erzählt aller Welt, dass ihre alte Tante ihren ›besten Freund‹ zu schätzen wusste, lange bevor so etwas in Mode

von Superman in eine gekochte Nudel. Man sollte diese Leichtsinnigen verklagen, die das Teufelszeug erfunden haben.« Er holt kurz Luft.

»Unlautere Konkurrenz! Die Technik hat mich besiegt! Wenn sie mit den Gedanken woanders ist, denkt sie garantiert an ihn. Das Erste, was sie in den Koffer packt, ist Luigi, nicht meine Badehose. Ich hasse den Mai 68! Die Pille! Wahlrecht für Frauen! Seit sie das verdammte Ding entdeckt hat, begleitet er sie überallhin. Bei manchen heißt es ›Keine Zeit, hab Klima‹, bei ihr ›Keine Zeit, hab Luigi‹. Na, Paulchen, was mach ich jetzt, soll ich ihn mir um den Hals hängen?«

Endlich lacht Théo mit den anderen.

»Sie betrügt dich also mit Luigi?«

Fabrizio ist immer noch wütend.

»Sie behauptet, nein. Ich hab mir vorgestellt, wie sie mittags nach Hause kommt und sich eine kleine Reise gönnt ... Ihr Flugzeug hebt ab, die Lichter blinken. Ich wollte eigentlich mal die Batterien rausnehmen, das Ladegerät kaputt machen und sie ohne das Ding einsperren, nur mit mir, nur wir beide, nackt in einem abgeschlossenen Raum ohne Schlüssel.«

Er ist so in Fahrt, dass er das Fenster aufreißt und den kleinen Jojo aus Silikon mit aller Kraft hinauspfeffert. So weit er kann, das heißt auf den Bürgersteig gegenüber.

Simon, der auf dem Sofa lümmelt, grinst.

»Da wird sich Madame Gillou aber freuen.«

## 23

Fabrizio ist gut gelaunt aufgewacht, so als hätte der Wutausbruch neulich etwas freigesetzt, was ihn bisher am Vorwärtskommen hinderte. Er streckt sich auf dem Sofa aus, glücklich, dass er den freien Tag weit weg von seinem Mischpult genießen kann. Er hat die Schule für sich. Es gefällt ihm immer besser hier. Die anderen sind arbeiten. Er steht auf, stellt seine Tasse in die Spüle und lacht sich kaputt, als er die Zeichnungen weiblicher Geschlechtsorgane sieht, die geheimnisvolle Hände an die rot gestrichene Wand geheftet haben.

Zum ersten Mal fällt ihm die Unordnung auf. Er macht den Kühlschrank auf und will die Butter zurücklegen, die halb zerschmolzen auf der Arbeitsplatte lag. Er holt leere Verpackungen und eine offene Bierflasche raus, eine Tube Zahnpasta – wahrscheinlich gehört sie Paul, Théo hat ihm gestern Abend seine geborgt. Im Gemüsefach zerläuft ein Camembert, geschälte Möhren faulen in einer Tüte vor sich hin. Wie in der gesamten Wohngemeinschaft sind manche Fächer auch ordentlich aufgeräumt. Bei einer ruckartigen Bewegung fällt eins der Fächer heraus, er wollte es abwischen. Die Milchpackung ergießt sich auf den

Boden, ein Joghurtbecher platzt auf und spritzt auf die Fliesen. Saskia liebt Himbeerjoghurt, ihr ganzer Kühlschrank war voll davon.

Saskia hatte ihn erwählt. Dank ihr liebte er und fühlte sich geliebt. Er brauchte eine fröhliche, unerschrockene Frau, eine, die die Schranken seiner Schüchternheit, seiner Unsicherheit beiseite räumte. Ihre impulsive, entschlossene Art gab ihm Halt und Sicherheit. Er fühlte sich lebendig mit ihr. Alles geschah schnell. Zwischen ihnen war es sehr leidenschaftlich. Sobald sie übers Zusammenziehen sprachen, hätte sie am liebsten gleich einen Vertrag über die Aufgabenverteilung aufgesetzt. Theoretisch kein Problem. In der Praxis hatte er noch nie eine Herdplatte gescheuert. Deshalb ist er hier. Wenn er das lernen muss, damit Saskia ihn heiratet, lernt er es eben. Zu seiner Verteidigung: Er kommt quasi von einem anderen Stern.

Im Ferienlager in Saint-Jacut-de-la-Mer hatte er einmal sein Glas Grenadine umgeworfen und sollte den Boden wischen. Das ist Mädchensache!, erwiderte er mit der Überzeugung eines Achtjährigen. Die Betreuer lächelten und schickten ihn wieder zum Spielen an den Strand. In seiner Familie durften Jungen die Küche nicht betreten. Das Monopol auf diese nährende Quelle war seiner Mutter und den Schwestern vorbehalten.

Manche seiner Mitbewohner haben gewisse Ordnungsticks. Théo zum Beispiel schichtet Teller und Besteck in der Spülmaschine um, leert die Schränke und räumt sie nach seinem System wieder ein, dabei kann man in seinem Zimmer keinen Fuß auf den Boden setzen, ohne auf eine Chipstüte zu treten.

Fabrizio hatte nie ein Interesse daran, Topfböden blank zu scheuern. Mehr schlecht als recht wischt er mit dem Schwamm den Joghurt auf und hockt hilflos vor den Haushaltsreinigern. Wenn es nur nach ihm ginge, würde er die Küche überhaupt nicht mehr betreten. Wenn er irgendwann auf dem Sterbebett Bilanz zieht, wäre es ihm herzlich egal, ob das Geschirr jeden Abend sauber im Schrank stand. Er nutzt seine Zeit lieber zum Musikhören, gute Musik. Er könnte ja auch seinen Namen auf dem Putzplan austauschen. Paul kann Max' Schrift wunderbar nachmachen, Fabrizio hat ihn dabei erwischt, und der Ach-so-tolle-Verführer, der ihn für einen Deppen hält, hat so getan, als wäre sein Name nicht ganz leserlich gewesen. Simon schummelt ebenfalls, aber ihm wird alles verziehen, weil er originelle Gerichte kocht. Womöglich hat Paul das gemerkt und wandelt sich deshalb zum Konditor. Sein Mürbeteig war misslungen, aber der Blätterteig ein Gedicht. Die Erinnerung an die hauchzarte Torte mit karamellisierten Äpfeln bringt ihn in Schwung. Mit einem Schaber, der sich unter tonnenweise Verpackung findet, kratzt er die Innenwände des Kühlschranks ab.

Saskia wäre stolz auf ihn. Er wird sie anrufen und eine weitere heiße Eskapade vorschlagen.

Fabrizio setzt sich ins *Tapetenzimmer* und guckt sich die teilweise schon tapetenlosen Wände an. Ihm wird vorgeworfen, dass er sich nicht genug einbringt. Irgendwann wird er mindestens zehn Quadratmeter runterholen. Auch wenn es lange dauert, auch wenn er sich damit Hände und Rücken kaputt macht, er wird sich einbringen. Ehe er die Nummer eintippt, steckt er sein T-Shirt in die Jeans und bindet sich die Schnürsenkel neu. Er will schön sein, wenn er mit ihr redet. Saskia geht ziemlich schnell ran, und ihr erster Satz schnürt ihm die Kehle zu.

»Na, bist du schon Meister Proper?«

Wo er ihr doch einen unvergesslichen Moment schenken wollte! Unmöglich, etwas herauszubringen, keinen Satz, kein Wort, keine Silbe.

»Ich muss weg.«

Er legt auf, rennt die Treppe runter und räumt fertig auf. Als alles an seinem Platz ist, geht er hoch, um zu duschen.

Beim Ausziehen wirft ihm der Spiegel die Aufschrift auf seinem T-Shirt zurück: *Feminismus geht alle an, auch die Männer!* Inmitten der Tätowierungen auf seinem Arm steht in dunklen Lettern *Saskia*. Hastig zieht er sich aus. Der Name scheint ihn zu verhöhnen.

Er steht unter ihrem Einfluss, sie hat die Macht. Sie stellt Bedingungen an ihre Ehe. Sie lenkt alles, vom Gebrauch der Geschirrtücher bis hin zu Luigi. Wo ist der Unterschied zwischen einer Frau, die führt, und einer Frau, die ihn nicht anerkennt?

Er kommt in einem schwarzen Hemd aus seinem Zimmer und trifft Max, den Arm voller Hefte.

»Ich weiß nicht, wer den Kühlschrank sauber gemacht hat, der blitzt wie neu.«

»Das war ich.«

Dann setzt er hinzu: »Ich will nicht mehr heiraten.«

# 24

Simon kommt genervt von der Arbeit. Durch einen Virus hat sich die Datenverarbeitung aufgehängt, Termine sind durcheinandergeraten, und jetzt hat hier der dafür Zuständige auch noch die Wäsche nicht erledigt. In zwölf Wochen des Zusammenlebens in diesem Jungenpensionat hat Simon eines festgestellt: Ein einziger Wäschekorb reicht nicht. Er betrachtet das Trauerspiel im Bad: Hosen, Hemden und T-Shirts bis hin zur Dusche und sogar unter der Heizung. Ganz zu schweigen von den einzelnen Socken, die im Flur verstreut liegen. Sein Vorschlag, einen Wäschekorb pro Person aufzustellen, wie bei manchen Paaren, war nicht auf Zustimmung gestoßen. Sein einziger Unterstützer, der stets auf sein Äußeres bedachte Paul, hat längst das Handtuch geworfen und bringt seine Hemden in die Reinigung.

Verärgert greift sich Simon den Korb, marschiert damit die Treppe hinunter, ohne sich um die Klamotten zu kümmern, die rausfallen, geht in die Waschküche, stopft alles in die Trommel, tritt mit dem Fuß nach, als Sachen heraushängen, knallt die Tür der Maschine zu und haut auf den Startknopf. Jetzt muss er nur noch den gleichen Weg zurückgehen und die runtergefallenen Klamotten einsammeln. Als er zurückkommt, hört er eine Explosion, er stürzt in die Waschküche. Die Maschine spuckt Klamotten. Seifenwasser überschwemmt den Boden und rinnt schon auf den Hof. Er flucht so laut, dass es in der ganzen Schule widerhallt. Théo kommt angerannt und bleibt sprachlos vor dem Desaster stehen.

»Hast du die Sauerei veranstaltet?«

»Kennst du dich damit aus?«

»Als ich den Toaster repariert habe, haben sich alle lustig gemacht. Seitdem rühre ich nichts mehr an.«

»Der Weg des geringsten Widerstandes. Bist du nun Informatiker oder nicht? Streng dich mal ein bisschen an.«

»Hat doch damit nichts zu tun. Wahrscheinlich hast du sie zu voll gestopft! Sieh zu, wie du das selbst hinkriegst!«

Simon hasst Predigten. Er haut ab, aus der Diskussion und aus der Waschküche. Théo steht allein vor einem nassen Knäuel aus Unterhosen, Socken und Hemden. Er setzt sich auf den alten Schulhocker. So was würde in *Second Life* nie passieren. Vielleicht sollte er sich eine andere Unterkunft suchen. Ein flüchtiger Gedanke. Er ist noch nicht wiederhergestellt, noch lange nicht, aber er spürt auch, dass er sich woanders nicht besser fühlen würde, auch wenn das Gemeinschaftsleben ihn belastet. Zu warm, zu kalt. Das Zusammenleben bleicht das zwischenmenschliche Gewebe aus, schrumpft und verzerrt es. Die Leute träumen immer vom Urlaub mit Freunden, und eines schönen Tages fängt man vor den Paella-Resten in Playa del Aro an, sich zu beharken, weil der Einzige, der keinen

Wein getrunken hat, die Rechnung nicht zu gleichen Teilen aufteilen will. Aus Hüftenschwingen im Club und Wasserpolo im Pool des Ferienhauses wird: »Dürfen wir dir das Brötchen berechnen, das du gefuttert hast?« Ein empfindlicher Moment, wenn die Fundamente ins Wanken geraten. Manchmal flickt man alles wieder zusammen, selten gelingt es so ganz. Sie haben alle ihre Wäsche in einen Korb geworfen, und jetzt klemmt der Mechanismus.

Das Abendessen ist zu Ende, Fabrizio verkündet, dass er ein sauberes T-Shirt und frische Jeans für ein wichtiges Meeting morgen braucht. Er steht auf, kein Kaffee heute.

»Geh da nicht runter«, rät Simon.

»Was ist los?«

»Simon hat die Waschmaschine geschrottet«, erklärt Théo.

Max mustert die Kerle, wie sie da am Tisch sitzen, als wären sie im Hotel und alles liefe wie am Schnürchen, weil unsichtbare Hände sich drum kümmern. Er baut sich vor ihnen auf.

»Soll das ein Witz sein?«

»Ich hab Théo machen lassen«, erwidert Simon. »Ich dachte, er findet eine Lösung, aber außer dass er seinen Avatar zwischen Colorado und Mururoa spazieren führt …«

»Neidisch?«

Max platzt vor Wut, so wie die Maschine vorhin. Erbittert marschiert er aus der Küche und kommt gleich darauf mit einem Blatt Papier wieder, knallt es auf den Tresen. Fabrizio greift danach und liest.

»Tausendvierhundertfünfzig Euro! Das war viel zu teuer. Hast du im Lotto gewonnen?«

»Ich bitte euch, mit der Einrichtung pfleglich umzugehen.«

Fabrizio ist entsetzt.

»Was erwartest du von uns?«

»Deine Mutter hat dir nicht beigebracht, wie man wäscht, aber deswegen muss ich nicht die Konsequenzen tragen.«

»Ich hab am anderen Ende von Paris eine Tanzaufführung beschallt.«

»Wie wär's, wenn wir mal einen Blick drauf werfen?«, schaltet Paul sich ein, um die Gemüter zu beruhigen.

»Wenn er das gleiche Talent hat wie Théo mit dem Toaster …«, muss Simon noch einen draufsetzen.

Fabrizio richtet sich auf.

»Die Rechnung bezahl ich nicht. Ich war nicht mal zu Hause, ich hau ab.«

»Ja, sehe ich ganz genauso, morgen bist du weg! Nimm deinen Koffer, deine Boxen, deine Hanteln und deinen Hometrainer, räum das Zimmer auf, leg das Bettzeug zusammen, und dann verlässt du mein Haus!«

Alles steht still. Alle sehen sich an. Niemand traut sich, noch irgendwas zu sagen, aber in den Köpfen überschlagen sich die Worte. Keinerlei Sicherheit. Sie können jederzeit ohne Vorwarnung rausgeschmissen werden. Von der Schule fliegen!

»Das Tapetenabkratzen werde ich jedenfalls nicht vermissen. Wenn ich dran denke, dass ich mir das drei Monate lang gegeben habe!«

Verstimmt gehen sie zu Bett. Seit Kurzem hat jeder ein eigenes Waschbecken. Sie denken wehmütig an die Zeit zurück, als alle im selben Bad die Zähne putzten und herumalberten, den Tag fröhlich ausklingen ließen.

Die nassen Sachen bleiben die ganze Nacht auf dem Fußboden liegen. Verwaschene Unterhosen, eingelaufene Pullover, ein T-Shirt von Fabrizio in Pauls Jeans verknäuelt.

## 25

Paul ist es gelungen, die Waschmaschine zu reparieren. Die Dichtung war verrutscht, und der geballte Druck von Wasser und Wäsche hatte die Tür gewaltsam geöffnet. Fabrizio, der seit ein paar Tagen das Gefühl hat, auf einem Schleudersitz zu hocken, kann sich kaum konzentrieren. Wie kann er seinen Ruf aufpolieren und die Harmonie in der WG wiederherstellen? Soll er noch eine Aktivität organisieren? Meditation? Zu ruhig. Bogenschießen? Zu kompliziert, außerdem läuft er da Gefahr, einen Pfeil in den Rücken zu kriegen. Vor ein paar Jahren hatte ihn eine Gruppe junger Leute für eine psychedelische Klangperformance auf einem Festival in Malmö engagiert, und da war er mit ihnen in einen eiskalten Pool abgetaucht. Der geteilte körperliche Schmerz, die aktivierte mentale Stärke, um die Kälte und die Todesangst auszuhalten; diese Erfahrung hatte sie erstaunlich eng zusammengebracht. Na bitte, das wird er seinen Mitbewohnern gleich heute Abend vorschlagen.

»*Ice mind*. Sagt euch das was?«, fragt er ohne Einleitung. »Das Konzept ist einfach: Man setzt sich extremen Temperaturen aus, um die eigenen Grenzen auszuloten. Erster

Vorteil: Demut lernen, das Ego loslassen. Um dahin zu kommen, darf man nicht kämpfen, sondern nur hoffen, dass man den Kampf gewinnt. Ich hab das vor drei Jahren mal gemacht. Ein paar Kumpels und ich haben uns ausgezogen und ins eisige Wasser gestürzt. Ich war mir sicher, ich geh drauf. Dann hab ich mich plötzlich stark gefühlt, ich hab gestrotzt vor Selbstvertrauen. Ja, klingt verrückt. Muss man erlebt haben. Seid ihr dabei? Ich glaub, das würde uns zusammenschweißen. Wer mich liebt, der folge mir!«

Sie starren ihn an wie einen Affen im Zirkus.

»Ich schleppe seit Monaten tonnenweise Gips rauf und runter, das reicht mir an innerer Stärke«, knurrt Max. »Das Eiswasser spar ich mir. Ein heißes Bad ist mir lieber.«

»Joker! Ich passe«, sagt Théo.

»Ich nehme die Herausforderung an«, verkündet Paul und streckt die Brust raus.

Simon lächelt. Paul will protzen, Fabrizio will sie alle vereinen, dann wird er aus Neugier mitmachen.

Am nächsten Samstag machen Simon, Fabrizio und Paul sich auf den Weg, mit Rucksack, Mütze und bis zum Kinn hochgezogenem Anorak. Die Außentemperatur geht gegen null. Max und Théo stehen am Fenster, schön im Warmen, und winken den Abenteurern des hohen Nordens nach, die sich vorne auf der Sitzbank des Lieferwagens aneinanderdrängen. Der Ausflug an einen unbekannten Ort macht die Sache noch spannender. Die Grimasse auf den Gesichtern von Paul und Simon sagt alles: Wo schleppt er uns jetzt wieder hin? Wieso haben wir bloß Ja gesagt? Drückt uns die Daumen!

Das Auto verschwindet um die Straßenecke. Max denkt an den Reisebus, mit dem sie einmal im Sommer einen Klassenausflug unternommen haben, Louise und er. Anfangs hatte Louise sich ganz nach hinten gesetzt. Im Laufe des Tages hatte sie mehrmals mit Mitschülern die Plätze getauscht und war immer näher gekommen. Am Ziel saß sie auf dem Platz neben ihm. Nach dem Tag im Tierpark von Touri fühlte Max sich wie ein Abenteurer, der ans andere Ende der Welt gereist war. Am nächsten Tag hatte er sie wiedergesehen, Zöpfe und Plisseerock. Die Kindheit scheint so fern. Dabei muss er nur am Haargummi ziehen, schon kommen die Erinnerungen wieder. Heute Abend treffen sie sich alle fünf wieder. Was treibt sie zum Zusammenleben? Das Bedürfnis nach Bindung, nach Nähe?

Im Lieferwagen erzählt Fabrizio derweil begeistert von seiner Erfahrung in Malmö.

Irritiert von seiner Begeisterung und den vielen Details blafft ihn Paul schließlich an: »Du gehst uns auf den Zeiger. Warte doch, bis wir es selbst erlebt haben!«

Simon versucht zu schlichten. »Wie auch immer, originell ist es auf jeden Fall. Ich liebe neue Erfahrungen.«

Die fünfzig Kilometer bis zum Ziel legen sie schweigend zurück.

Das Gebäude erinnert mit seinem Flachdach und den breiten Fensterfronten an ein Haus, das in den Sechzigerjahren modern war. Als sie es betreten, fühlen sie sich wie in einem Kokon. Ein Mann kommt auf sie zu.

»Herzlich willkommen im Universum der Begegnung von Körper und Geist. Ich bin Niels. Ich werde euch helfen, die Kälte zu bezwingen.«

Kein Zweifel, Fabrizio hat einen Klon, denkt Paul entnervt.

»Wenn ihr einfach nur die Atemtechniken befolgt, wird das ein absolutes Wellness-Erlebnis für euch. Stress und Angst sind wie weggeblasen.«

»Träumen kann man ja«, murmelt Simon.

»Außerdem pusht es euer Immunsystem und eure Lebensenergie. Die Urkräfte, die in euch schlummern, werden freigesetzt. Ihr werdet euch lebendiger fühlen als je zuvor!«

Bei der Vorstellung, dass Pauls Urkräfte freigesetzt werden, muss Fabrizio an eine ausschweifende Orgie denken.

Als er aus der Umkleide kommt, hat Paul die tätowierte Windrose auf Fabrizios rechtem Schulterblatt vor der Nase. Paul fragt sich, was neben dem ästhetischen Gesichtspunkt wohl der verborgene Sinn dahinter ist. Ein Schutzmechanismus, um Leute auf Abstand zu halten? Hat er sich das selbst ausgesucht, oder war das seine Feministin? Pauls Blick wandert über den Rest der Ausstellung. Zwei dunkelblaue Flammen auf der linken Wade. Von der Ferse bis zur Hüfte ist das Bein mit Zeichen, Motiven, geraden Linien und kreisförmigen Stammeszeichen übersät. Fabrizio merkt, dass er betrachtet wird, und steht ganz still. Überzeugt von der Wirkung, die er unweigerlich auslöst, dreht er sich um und stellt seine Brust zur Schau, wo ein Mond und eine untergehende Sonne miteinander verschmelzen. Man erkennt nicht, wo das eine anfängt und das andere aufhört. Ästhetisch gelungen, aber Paul kapiert es nicht.

»Hast du keine Angst, dass es in zwanzig Jahren, wenn die Haut schlaffer wird, albern aussieht?«

»Angst ist in meinem Leben keine Option«, erwidert Fabrizio stolz.

Er deutet auf die Speerspitzen auf seinem Oberkörper, sie stehen für Tapferkeit und Härte im Kampf.

»Historisch gesehen markierten Tätowierungen in Polynesien die Zugehörigkeit zu einer bestimmten Kaste. Krieger trugen andere Symbole als Hexer, Bauern oder Anführer. Heute will man eher Geschichten erzählen und sucht die Symbole nach der Persönlichkeit aus. Das *tiki* steht für Schutz und Stärke. Man nutzt es als Glücksbringer, um sich vor bösen Geistern zu schützen.«

Fabrizio sieht Paul fest in die Augen.

»Was allerdings die Rückkehr der Geliebten angeht, keine Gewähr ...«

Er lächelt und fährt fort: »Das Kreuz von den Marquesas steht für das Gleichgewicht von Luft, Wasser, Erde und Feuer. Die senkrechten Motive in der Schultermitte sind Haifischzähne, das bedeutet Obdach, Macht und Anpassungsfähigkeit. Das Sonnensymbol steht für Führung, die aufgehende Sonne für Wiedergeburt. Der Delfin verkörpert Freiheit. Außerdem geleitet er verirrte Boote zurück zur Küste!«

Paul schaltet ab. Auf eine Lektion über Männlichkeit kann er verzichten.

In einem Raum auf der Gartenseite treffen sie den Betreuer wieder. Durch die Fensterfront sehen sie den Pfad, der zu einem runden, von Tannen und immergrünen

Büschen umsäumten Becken führt. Sie waren so auf Kälte eingestellt, dass sie einen schneebedeckten Garten erwartet haben. Doch nur am abgestellten Springbrunnen sieht man, dass noch nicht Frühling ist.

Niels zeigt ihnen zunächst die spezielle Atemtechnik, die im Organismus eine große Menge an Adrenalin freisetzt und zu dem versprochenen Triumphgefühl verhilft. Zwei Stunden mentale Vorbereitung, um sich mit den extremen Temperaturen vertraut zu machen, ehe sie ins Eiswasser eintauchen. Sie atmen mehrmals tief ein, wie eine Welle vom Bauch bis zur Kehle unter Einsatz des gesamten Brustkorbs, dann halten sie, so lange es geht, die Luft an. Zum Schluss noch ein paar akrobatische Yogastellungen, Paul macht sich im Geiste Notizen, das kann er womöglich noch mal gebrauchen, mit einem besonders gelenkigen Maschinchen. Sein Lächeln währt nicht lange. Niels versichert ihnen, dass das Thermometer fast bei null ist. Paul wird es bange. Jetzt bloß keinen Rückzieher machen vor Fabrizio.

Nun sind sie draußen. Der Tätowierte, der Verführer und der ewige Teenager krümmen sich Schutz suchend zusammen. Der Temperaturschock lässt sie erstarren. In Badehose, die Wollmütze tief über den Ohren und unheimlich verletzlich, konzentrieren sie sich auf ihre Atmung, schnaufen und rudern dabei mit den Armen. Am Beckenrand kämpft der Wunsch abzuhauen, gegen den Wunsch, es zu schaffen.

»Wenn ihr es bis hierher geschafft habt, dann zieht ihr es jetzt auch durch. *No ego, we go! We go! We go!*«

Ego ist in ihrem Zustand die geringste Sorge! Arschkalt

kam. In ihrer Familie geben sie sich Tipps zu den besten Modellen. Sie sind alle Feministinnen, seit Generationen, und tauschen sich über alles aus, nicht bloß Kochrezepte und Slogans.«

Théo wird wach vom lauten Gelächter.

Die Sitzung ist zu Ende. Das Geschenk mit dem rosa Köfferchen packt ihr Zubehör zusammen. Sie verabschiedet sich und wünscht ihnen viel Vergnügen.

»Moment, nun mal langsam! Was erwartet Saskia von mir, wenn sie Sie hierher schickt? Was ist die Botschaft? Hat sie von Luigi gesprochen?«

Bei Fabrizios Tonfall setzt die Dame sich wieder hin.

Er wendet sich an alle: »Die Sextoys haben uns den Krieg erklärt! Wir kommen müde, leer und mit Brummschädel von der Arbeit. Wie sollen wir da gegen diese Überschallgeräte ankommen? Zehntausend Umdrehungen pro Minute, innerhalb von zweiunddreißig Sekunden hebt sie ab! Unter Wasser, am Wasser, auf der Arbeit, im Bett. Wenn sie ohne uns kommen, was wird dann aus uns? Wir sind am Ende, Leute, am Ende!«

Unter den erstaunten Blicken seiner Mitbewohner läuft Fabrizio mit großen Schritten auf und ab; sie fragen sich, ob er es ernst meint.

»Wenn sie ›Nimm mich‹ stöhnt, weiß ich nicht, ob sie mich meint oder ihr Sextoy. Je höher sie schaltet, desto hilfloser werde ich. Sie beherrscht sämtliche Variationen, ihre Finger gleiten über das Instrument und spielen eine wahnsinnige Sinfonie, stärker, sanfter, Autopilot eins, Autopilot zwei, und noch mal, noch mal, noch mal! Wenn sie kommt, ruft sie ›Luigi! Luigi!‹. Und ich verwandle mich ist es, das Ziel: Überleben und Schluss. Die Hoden zusammengeschrumpft, Penis auf halbmast; sie fühlen sich winzig.

Ein letzter Atemzug, die Aufmerksamkeit zentriert sich. Angsterfüllt und aufgeregt gleiten sie ins Wasser. Ehe er ganz eintaucht, stößt Simon einen Schrei aus wie ein sterbendes Tier.

Das Blut fließt von den Gliedern zum Herzen. Das stechende Prickeln auf der Haut breitet sich auf Unterarme und Unterschenkel aus. Die Kälte brennt, beißt in die Haut, der Schädel pocht, Tränen fließen. Der Schmerz steht ihnen ins Gesicht geschrieben. Wozu setzt man sich so einer Quälerei aus?, denkt Paul. Leiden, damit das Leiden aufhört, so ein Blödsinn. Das Herz muss dagegen ankämpfen, der Körper diese eisige Hölle ertragen. Sie klammern sich an die Aussicht auf eine heiße Dusche, an das Feuer im Ofen zur Belohnung. Simon würde Fabrizio herzlich gern erwürgen, »Schluss mit dem Zirkus!« brüllen, raus aus der Eisbrühe. Atmen, nicht mehr denken, es hinnehmen, den Stress umwandeln, sich beruhigen. Paul kämpft, dann schaltet sein Hirn um. Er hat wieder die Kontrolle. Er konzentriert sich aufs Atmen, und es gelingt ihm einen Moment lang, die eisige Attacke zurückzudrängen. Hat er jemals eine so ungeheure Willenskraft in sich gespürt? Er hält es aus, und die Angst löst sich auf.

Die angekündigten zehn Minuten sind ihnen wie eine Ewigkeit vorgekommen. Niels lässt sie aus dem Becken.

Nun legen sie den Weg zurück, ohne zu zittern. Sie gehen in den Wintergarten, packen sich ein und legen sich auf die

Liegestühle. Das Einzige, was Fabrizio hier auszusetzen hat, ist die Musikauswahl, ein Mix aus Wassergeräuschen, die ihn rasend macht. Er reicht Paul, der in seinen Bademantel eingemummelt ist, eine Tasse Schwarztee mit Bergamotte.

»Danke, Fabrizio. Nicht nur für den Tee. Verflixt, ich bin ja nett zu dir. Das ist surreal.«

»Ich nutze diese gesegnete Stunde schamlos aus – kannst du mir den Rücken eincremen?«

»Neulich abends, mit der Waschmaschine, da dachte ich echt, die Gruppe bricht auseinander«, sagt Simon. »Was die Maschine angeht, mea culpa. Max hat zu viel am Hals. Wir sollten uns alle einbringen, damit es leichter für ihn wird, aufpassen, dass sich so was nicht wiederholt. Das hat mich zum Nachdenken gebracht. Was ich mit euch erlebe, daran wachse …«

Simon bricht mitten im Satz ab. Er ist eingeschlafen. Die beiden anderen lächeln und lauschen seinem Schnarchen.

»Als mein Schwager gesagt hat, ich soll meinen Kram packen, hab ich gehört, wie ernst es ihm war«, sagt Fabrizio. »Auszuziehen hätte aber bedeutet, dass ich Saskia wiedersehe, und dafür ist es noch zu früh. Ich bin Max nicht böse. Dank ihm habe ich den nötigen Abstand gewonnen.«

»Wenn man sich nicht regelmäßig infrage stellt, bleibt das Zusammenleben nur ein abstraktes Konzept. In unseren Beziehungen haben wir uns nicht genug infrage gestellt. Davon bin ich mittlerweile überzeugt«, meint Paul.

Umgeben vom Glucksen des Wassers und der Wärme des Holzofens übermannt sie eine sanfte Benommenheit, sie schlafen ebenfalls ein. Fabrizio liegt auf der Seite. Wie ein Hirte in der Nacht behält der Delfin sie im Auge.

# 26

Simon, Max und Fabrizio sind gerade im Wohnzimmer, als sie ein Krachen hören, Théo hat die letzten drei Stufen fliegend genommen. Er liegt auf dem Rücken und kann sich nicht rühren, aber er hält seinen unbeschädigten Laptop mit beiden Armen hoch.

»Sie haben geantwortet!«

Max und Fabrizio rennen hin und helfen ihm hoch. Simon sieht augenblicklich dreiunddreißig Frakturen, eine Gehirnerschütterung und ein Hämatom vor sich. Théo hinkt zum Sofa.

»Guckt mal, was auf unserer Facebook-Seite steht: *Wir lieben euch!*«

Paul kommt ebenfalls angelaufen.

»Hör mal zu!«

*Ein Fremder hat mir Blumen geschenkt. Ginette.*

*Der Briefträger hat gesagt, mein Kleid gefällt ihm. Denise.*

*Der süßeste Liebesbeweis von meinem Mann kommt, wenn ich Migräne habe. Dann massiert er mir eine Stunde lang die Schläfen. Marguerite.*

»Ginette, Denise, Marguerite … Wer ist das?«

»Ist doch egal. Frauen halt, wir begegnen ihnen auf der Straße, in der Metro, beim Bäcker«, ruft Théo. »Ich bin ganz berauscht. Tut verdammt gut, das zu lesen. Sie plaudern aus dem Nähkästchen über ihre Prinzen, das ist wunderschön.«

»Ein Kollektiv von Mädels hat was gepostet. *Herzlich willkommen, Jungs. Wir glauben an die Liebe! Wir leben sie, die Harmonie.*«

Ein Schwall an Kommentaren und Beschreibungen schöner Momente füllt die Seite.

*Mein Kerl redet täglich mit mir über seine Gefühle. Anstrengend, aber wahrheitsliebend. Henriette.*

*Macht euch keinen Kopf. Ich habe Bernard an einem Dienstag um 13 Uhr kennengelernt. Ein Vierteljahrhundert lang hatte ich den Männern abgeschworen. Um 13.05 Uhr begann unsere Liebesgeschichte. Seitdem haben wir uns nicht eine Sekunde mehr losgelassen. Alles ist möglich, auch das Schönste. Martine.*

*Ihr habt euch in der Epoche geirrt. Warum habt ihr das Gefühl, ihr müsstet euch rechtfertigen, wenn ihr sensibel seid? Ist doch normal, dass man seine Gefühle mitteilt, ich mit meinen zwanzig Jahren weine, wenn mir danach ist, und ich kann auch vor meiner Freundin heulen. Hugo.*

*Sie wurden nicht verlassen, Sie haben zugelassen, dass man Sie verlässt. Es gehören immer zwei dazu, eine Beziehung zu stricken oder aufzutrennen. Madame Gillou, Ihre Nachbarin, die sehr stolz auf Sie ist.*

*Okay, ihr werdet vielleicht nicht in allen Lebenslagen unseren Erwartungen gerecht, aber vielleicht vermischen wir da auch ein bisschen Märchen und Actionfilme. Amélie.*

*Ich persönlich hasse ja Schubladen mit Etiketten drauf, Frauen sind dies, Männer sind das. Lisa.*

»Unser Brief ist ein voller Erfolg!«

»Immer mit der Ruhe!«, beschwichtigt Max. »Nächster Schritt: Einen echten Dialog eröffnen.«

Théo zieht die Socke aus. Sein Knöchel ist blau. Er legt das Bein auf ein Kissen. Simon bringt ihm Eis und Arnika-Globuli.

»Sieht nach Verstauchung aus«, diagnostiziert er. »Damit kommst du mal zu mir ins Krankenhaus. Wir machen dir einen Röntgentermin, nicht, dass das Sprungbein angeknackst ist.«

Théo seufzt: »Mit über fünfzig tut einem immer irgendwas weh.«

Max nimmt den Laptop und liest weiter vor.

*An sämtlichen Orten, die mit Sensibilität assoziiert werden, herrscht Männermangel. Yogakurse, Schreibwerkstätten. Ich mag gemischte Gruppen, der Austausch ist viel bereichernder. Die Töpferlehrerin hat neulich in kategorischem Ton geschnaubt: »Ist besser, wenn wir unter uns bleiben.« Ich bin nicht mehr hingegangen. Hélène.*

*Ich würde gern über die Gefühle sprechen, die ich seit dreißig Jahren für meinen Liebsten empfinde. Natürlich gibt es Unstimmigkeiten, Streit, Enttäuschungen, und manchmal stellt man alles infrage, aber schlussendlich habe ich es nicht einen Moment lang bereut, den einen mein ganzes Leben lang behalten zu haben. Sein Blick bringt mich immer noch durcheinander. Adèle.*

Fabrizio ist erschüttert von den Worten dieser Frau. Keine Ansprüche, keine Feindseligkeit. So was gibt es.

Théo verschlingt die Nachrichten geradezu. »Lest mal die hier. Sie fordert Gleichberechtigung, aber steht trotzdem drauf, dass ihr Kerl sie an die Küchenwand drückt und wild mit ihr rumknutscht.«

»Oho, die Feministinnen sind zurück!«, ruft Paul. »Hört euch das mal an.«

*Zitat aus dem Wörterbuch: »Sack. Mann, Mensch. Salopp abwertend. Redensart: Jemandem auf den Sack gehen. Derb für: Jemandem lästig fallen.« Moral von der Geschicht': Männer machen nur Ärger! Q.e.d.* »Ha! Auch noch anonym!«

*Anscheinend denkt ihr alle sieben Minuten an Sex. Wenn ein Kerl mir alle sieben Minuten ein winziges Zeichen seiner Aufmerksamkeit schenkt, bin ich dabei. Sandrine.*

»Du fühlst dich angegriffen, aber die meisten sind eher positiv«, widerspricht Théo.

»Und wenn wir uns mit ihnen treffen?«, schlägt Paul vor.

»Unser Brief hat höhere Ziele als deine Flirts. Sonst hätten wir nicht so viele Antworten bekommen. Den Reaktionen nach haben wir damit voll ins Schwarze getroffen.«

»An so ein Treffen dachte ich gar nicht. Ich habe mich nämlich geändert. Genau wie Max will ich einen echten Dialog. Was machen wir jetzt? Könnt ihr euch vorstellen, auf jede davon zu antworten?«

»Lasst uns mal mit einer Sammelnachricht anfangen. Von uns allen an sie alle.«

Er schreibt: *Wir haben jeden eurer Posts gelesen, ihr habt uns tief berührt. Eure Reaktionen trösten uns und haben unsere Hoffnungen wieder richtig aufleben lassen. DANKE! Wir melden uns ganz bald wieder.*

Théos Knöchel ist trotz Eis auf die doppelte Größe angeschwollen, genau wie sein Stolz.

## 27

Die gemieteten Mountainbikes sind am Abend zuvor geliefert worden und warten im Hof. »Ein Ausflug im Dunkeln, und danach sind wir alle topfit, ihr werdet sehen«, hat Fabrizio verkündet. Sie setzen die Helme auf, machen die Stirnlampen an, schwingen sich in den Sattel und rollen miteinander in die Nacht hinaus. Zunächst durch so gut wie leere Straßen. Noch keine Müllabfuhr am Horizont. Die letzten Gäste kommen aus den Clubs, Türsteher verfrachten die Betrunkensten in Taxis. Paul singt verschlafen vor sich hin: »Fünf Uhr morgens, Paris erwacht …«

Théo trägt unter der Sporthose seinen Schlafanzug und freut sich schon, wenn er nach dem nächtlichen Ausflug zurück ins Bett und zu *Love me tender* kann. Simon friert schnell, er hat drei Pullover an. Paul und Max haben vorsorglich so viele Schichten wie möglich übereinandergezogen, T-Shirts aus Thermolactyl, Steppwesten, K-Way-Jacken und sogar Fausthandschuhe. Ganz zu schweigen von den Rucksäcken, die bis oben hin mit Ersatzfahrradschläuchen und Fruchtgelee vollgestopft sind. Nach Fabrizios Ausrüstung zu urteilen, will er an der Tour de

France teilnehmen. Entweder hat er ihnen verschwiegen, dass er Mitglied in einem Verein ist, oder er hat sich für diese Gelegenheit beeindruckend viel Material geliehen: eine lange, enge, nahtlose Radlerhose, um Überhitzung zu vermeiden, wind- und wasserdichte Schuhe, Thermojacke mit Reflektoren und Lüftungsöffnungen an den Seiten. Und eine ultradünne Kapuze. Jetzt, wo nicht mal das kleinste Stückchen tätowierte Arabeske zu sehen ist, fehlt Paul fast etwas.

Am Waldrand von Meudon zerreißt ein Handyklingeln die Stille. Fabrizio dreht sich um und wirft der Truppe einen vorwurfsvollen Blick zu. Max wird wütend, er hat die Nummer erkannt, nichts kann ihn davon abhalten ranzugehen.

»Louise! Ist was passiert?«

Louise flüstert, dass sie viel nachgedacht hat, dass sie ihn so bald wie möglich sehen will, sie kommt am 23. zurück nach Paris. Spontan schlägt Max ihr vor, zusammen in der Schule Weihnachten zu feiern. Im Eifer seines Liebeshoffens vergisst er völlig die anderen und den seit acht Tagen geplanten gemeinsamen Heiligabend.

»Hoffentlich nichts Schlimmes, kleiner Wolf?«, fragt Paul besorgt.

»Weiß noch nicht.«

»Wenn du auf andere Gedanken kommen willst, Madame Gillou sucht handwerklich Begabte. Ich war gestern bei ihr – einmal und nie wieder. Die redet nur über ihre Eroberungen, begreift nicht, was mit uns los ist, und hat mich angeguckt, als wär ich ihr Nachmittagssnack.«

Sie fahren weiter, Fabrizio an der Spitze des Hauptfeldes. Simon hat sich zum Besenwagen erklärt. Die Landschaft zu betrachten liegt ihm mehr, als gegen einen Ball zu treten. Er radelt vor sich hin und denkt über sein seltsames Leben und die erstaunliche Wendung nach. Als hätte Fabrizio seine Gedanken gelesen.

»Hier wird nicht gegrübelt, verscheucht negative Gedanken, wir tanken den Duft von Erde, eine frische Brise und die vielen Eindrücke, die sich uns bieten. Wir bleiben im Moment, im Hier und Jetzt.«

Simon, der heimliche Ausreißer mit den heiklen Gedanken, befolgt den Rat. Paul, der immer dafür zu haben ist, seinen Körper zu stählen, denkt, dass er sich zu wenig bewegt, seit seinem Umzug in die Schule maßlos frisst und beim Radfahren mindestens einen Zentimeter Taillenumfang verlieren wird. Fabrizio schwört sich, weitere Aktivitäten zu organisieren, die sie einander genauso näherbringen wie Kochen, das Reden über Gefühle, Lachen über einen derben Witz und die Tatsache, dass sie sich seit vier Monaten das Bad, die Bibliothek und die kleinen Dinge des Alltags teilen. Max radelt fröhlich vor sich hin. Er denkt an Louise.

Théo lauscht aufs kleinste Geräusch, er hört Füchse, Dachse oder Wildschweine im Wald herumschnüffeln. Im Dunkeln wirken die Bäume beiderseits des holprigen Waldweges furchterregend, und er fragt sich, ob Fabrizio sie absichtlich in feindliches Gebiet geführt hat. Er hat Fahrradfahren schon immer gehasst, und sein Knöchel hat das Souvenir von neulich noch gut in Erinnerung. Nach ein paar Kilometern wird es für manche leichter, aber nicht für ihn. Seine Kette springt raus. Sofort bietet Max seine Hilfe an. Pfeifend legt er die Kette wieder auf.

»Die Nacht birgt Hindernisse, sei vorsichtig.«

Simon streckt sich. Er lächelt.

»Was hindert dich daran, Grimassen zu schneiden, wenn du auf dem Rad sitzt. Sieht eh niemand.«

»Kein Nebel. Wir haben Glück!«, fängt Fabrizio in seinem aufmunternden Ton wieder an. »Hopp, hopp, hopp, schön im Rhythmus bleiben, sich nicht unnötig erschöpfen. Wir sind die Herren unserer Ängste und unserer Müdigkeit.«

Den Wald im Schein der fünf Stirnlampen zu durchqueren weckt beinahe übernatürliche Empfindungen. Darüber vergessen sie, wie anstrengend die Strecke ist.

Als sie an eine Waldlichtung kommen, wird Fabrizio langsamer. Eine willkommene Pause. Als hätte der Druck der schmalen Sättel ihre Blasen stimuliert, pinkeln kurz darauf alle fünf gegen einen Baum und wetteifern um den längsten Strahl. Entspannung und Zufriedenheit. Fabrizio lässt die Hose runter, seine weißen Pobacken machen dem Mond Konkurrenz.

»Pipi im Grünen hat meine Oma dazu gesagt.«

»Die Freiheit kann uns keiner nehmen.«

Nachdem Fabrizio sich ein bisschen die Beine vertreten hat, legt er einen Finger an die Lippen und streckt sich mit ausgebreiteten Armen im Gras aus. Max tut es ihm ungelenk nach, dann Paul und der erschöpfte Théo. Simon sammelt Eicheln auf, dann legt auch er sich hin und stellt sich keine Fragen mehr. Sie machen die Lampen aus, geben den Sternen das Wort, ein anmutiges Spektakel, verglichen mit ihren vierhundert Kilo Testosteron. Sie liegen im Kreis und halten einander an den Händen, wie Fallschirmspringer, nur auf dem Boden. Über ihnen erstrahlt das Himmelsgewölbe. Die Stille der Natur, der Duft von Moos und Pilzen, so viel Schönheit lehrt sie mit einem Schlag Demut. Die Zeit steht still, ist unbestimmt, sie haben der Trennung, den Schwierigkeiten eines Neuanfangs, den Entscheidungen und Paradoxien einen Moment stibitzt. Nur einen kurzen, unauslöschlichen Augenblick, gemeinsam mit vier Zufallsgesellen.

Ehe sie weiterfahren, schenkt Fabrizio jedem einen ordentlichen Becher Glühwein ein und verteilt Handwärmer, die sie in Handschuhe und Fäustlinge stecken. Schweigend radeln sie nach Hause.

Théo entdeckt das erste auf dem Bürgersteig. Es sucht offenbar seine Artgenossinnen und trägt ein komisches Ding um den Hals. Er wendet und fährt zu den vier anderen zurück.

»Vor dem Haus ist ein Huhn!«

Sie steigen ab und schieben bis zum Tor. Vier Hennen mit zerzaustem Federkleid, ebenso fuchsrot wie ihre Schwester, picken auf dem Hof herum. Alle haben einen Kamm und sind mit einer Art Spitzenband ausstaffiert.

Paul ruft: »Das sind Tangas!«

Théo und Fabrizio prusten los, als sie den Zettel sehen, der an den Tangas hängt: *Eine für jeden, viel Spaß!*

»Mir persönlich sind Hühner im Hof lieber als Eier an der Hauswand«, meint Max und geht rein, schlafen.

Warum will Louise ihn sehen? Er hat zugesagt, ist aber froh, dass es noch ein bisschen hin ist, das lässt ihm ein paar Tage. Wie soll er das bloß am 24. machen? Eine Zwickmühle.

Die Hennen haben sich im Hof häuslich eingerichtet. Eine gackert lautstark, eine andere macht auf Fabrizios Sattel, die dritte hat sich vor lauter Schreck versteckt, die vierte brütet erstaunlich ruhig in der Waschküche. Die fünfte ist verschwunden.

Max und Paul schlüpfen ins Bett, um wenigstens noch eine Mütze Schlaf abzubekommen. Die anderen drei sitzen bei Kaffee in der Küche und begrüßen die Morgendämmerung.

Simon seufzt: »Die meschuggene Marjo hat wieder zugeschlagen.«

## 28

Drei Nächte später vibriert Max' Handy auf dem Nachttisch. Im Dunkeln tastet er danach, wirft die Lampe um, geht endlich ran. Er setzt sich im Bett auf. Théo wurde gerade wegen Trunkenheit in der Öffentlichkeit festgenommen. Er hat einen Polizeibeamten beleidigt. Sie haben ihn in die Ausnüchterungszelle gesteckt.

Max steht auf, schlüpft in eine Hose und einen dicken Pullover. Er klopft an Pauls und Fabrizios Tür. Simon reagiert nicht. Wahrscheinlich hat er ein Tinder-Date, »da lacht die Unterhose«, wie er immer sagt. Zu dritt fahren sie Théo abholen.

Als sie das Kommissariat im 2. Arrondissement betreten, sehen sie einen fremden Théo, schlapp und mit zerzausten Haaren hängt er vor den Ordnungshütern. Aus seinen rätselhaften Aussagen schließen sie, dass er noch immer volltrunken ist.

»Ich werd alt, hab meine rote Nase verloren. Früher hab ich die Kinder zum Lachen gebracht. Jetzt bring ich die Bullen zum Weinen in der Nacht«, brabbelt er mit feuchten Augen, stolz auf sein Gereime.

»Wenn Ihr Freund sich mal was in den Kopf gesetzt hat, bringt ihn nichts davon ab. Er hat vor einem Haus herumgebrüllt: ›Warum? WARUM?‹ Ließ einfach nicht mit sich reden. Und das ganze Viertel hat er auch noch aufgeweckt.«

»Du hast zwar graue Strähnen und redest wirres Zeug, und vielleicht bist du alt, aber es ist, als würden wir einen Teenager abholen, der sich nicht im Griff hat.«

Paul stützt sich auf den Tresen und unterschreibt die Entlassungspapiere.

»Die Herren gähnen schon, die wollen deine Akte wahrscheinlich schließen.«

»Ab jetzt sperren wir ihn nach Mitternacht in seinem Zimmer ein, versprochen«, fügt Fabrizio hinzu.

»Wollen wir hier Wurzeln schlagen? Auf Wiedersehen, die Herren, entschuldigen Sie die Störung«, sagt Max.

Théo stolpert über den Bordstein, ehe er in den Lieferwagen klettert.

»Schubst mich nich'. Ich kann alleine laufen.«

Sie setzen ihn zwischen sich, damit er nicht umkippen kann. Max lässt die Fenster runter und hofft, dass Théo sich nicht übergeben muss.

»Was hast du angestellt?«, fragt Fabrizio, der im Laderaum auf einer wackeligen Kiste hockt.

»Ich bin zu Françoise. Ja, okay, hab zu viel gesoffen. Leckt mich doch am Arsch. Ich wollte verstehen, versteht ihr, verstehen? Seit wann ist Saufen verboten? Bin sowieso bloß ein dummer alter Sack. So viele Frauen haben auf unseren Brief geantwortet, und meine, was hat die gemacht? Ich wollte, dass sie das liest, dass sie reagiert. Sogar die von Paul hat sich gemeldet.«

Max verkneift sich eine Frage. Théo fängt an, sich zu öffnen, er will ihn lieber nicht unterbrechen.

Théo schnieft und setzt seine verzweifelte Tirade fort.

»Ich wollt sie sehen. Hab seit Tagen dran gedacht. Hatte Schiss. Im Bistro hab ich ein Glas Wein nach dem anderen gekippt. Mir Mut angetrunken.«

»Hat sie die Bullen gerufen?«

»Keine Ahnung. Im Wohnzimmer war Licht. Ich hab geklingelt. Hab ewig gebraucht. Hab mich auf die Straße gesetzt. Bin mir sicher, dass sie da war. Hab gebrüllt. Jemand hat zurückgebrüllt: ›Ruhe da unten!‹ Madame Gonzales hat nicht die Polizei gerufen, ich kenn sie, die hätte gesagt, ich soll mich beruhigen. Bestimmt war's die Ungeduldige aus dem Zweiten. Ich hab gehofft, dass Françoise mir aufmacht. Die Bullen sind zu schnell gekommen. Sie haben mich mitgenommen.«

»Und was ist das mit der roten Nase?«, wundert sich Fabrizio.

Théo stammelt, dass er ehrenamtlich als Klinikclown arbeitet. Seit drei Jahren zieht er jeden Dienstag seine gestreifte Latzhose, übergroße Schuhe und eine Perücke an. Er besucht die Kinder und redet mit ihnen, lenkt sie von ihren Krankheiten ab, von der Chemo, den Eltern, die arbeiten müssen. Der kleine Gabriel mit seinen riesigen braunen Augen erinnert ihn an Bambi. Seit Françoise ihn verlassen hat, ist er nicht mehr in sein Clownskostüm geschlüpft. Ihm fehlt die Kraft dazu.

Max wusste nichts von dieser verborgenen Seite. Gerührt vergisst er einen Augenblick lang, dass er Auto fährt, und streift in einer Kurve den Bordstein.

Paul hätte sich nie träumen lassen, dass dieser deprimierte Typ, der immer Schwarz trägt, Kinder zum Lachen bringt. Die Erschütterungen des Lebens verändern die Menschen offensichtlich.

»Ich könnte das nicht, kranke Kinder besuchen«, murmelt er.

»Die Kinder ...«, sagt Max. »Wenn du das nächste Mal hingehst, komm ich mit. Musst mir nur eine rote Nase leihen.«

»Du schaffst das, Théo«, beteuert Fabrizio. »Wenn du Françoises Entscheidung überwinden willst, musst du akzeptieren, dass du wahrscheinlich keine Antwort bekommst. Eines Tages stehst du wieder an Gabriels Bett.«

Max parkt vor der Schule.

»Endstation! Geh und schlaf dich aus.«

»Ich kann jetzt nicht gleich schlafen ... Kennt ihr einen glücklichen Single?«

Die eisige Dezemberkälte schlägt ihnen entgegen. Théo zieht ein Bein nach, als er über den Hof läuft.

»Du humpelst ja!«

»Ist keine Metro mehr gefahren, aber ich wollte es unbedingt wissen«, brummt Théo.

»Bist du zu Fuß durch halb Paris gelaufen?«

»Komm, ich helfe dir mit den Schuhen.«

»Geht schon. Ich werd langsam nüchtern. Danke, Jungs.«

Max geht voran. Fabrizio und Paul stützen Théo, als er in die Küche hinkt.

»Simon! Was machst du denn hier um diese Zeit?«

Simon sitzt in der Regenjacke am Tisch und lächelt nicht.

»Warst du mit einer Depressiven verabredet?«

»Ich komme grad aus dem Krankenhaus … Odette, die Stationssekretärin, hatte einen Unfall. Ein Rowdy hat sie auf dem Zebrastreifen angefahren, zehn Meter vor mir.«

»Das ist brutal, wenn man so was sieht«, sagt Max mitleidig.

»Ich war in Panik. Die Karre ist voll auf sie draufgefahren. Ich hab mich total ohnmächtig gefühlt. Ich hab gesehen, wie sie zwei Meter durch die Luft geschleudert wurde. Ich dachte, sie ist tot! Ich hab den Krankenwagen gerufen, das Kennzeichen von dem Raser notiert. Wir waren verabredet … Also, sie lebt jedenfalls. Als ich nach Hause kam, war niemand da. Wo kommt ihr denn her?«

»Ich hab Mist gebaut«, erwidert Théo. »Sie haben mich auf dem Kommissariat aufgegabelt. Nächtliche Ruhestörung vor Françoises Wohnung. Hab mich nicht grad mit Ruhm bekleckert.«

»Männer haben ihre Grenzen«, meint Paul. »Braucht ihr mich noch? Ich penn im Stehen, morgen muss ich früh raus, Inventur. Ich glaub, wir philosophieren ein anderes Mal weiter.«

»Einer bei der Polizei. Der andere in der Notaufnahme. Was ist da bloß los?«, fragt Fabrizio. »Vollmond? Hotel der Nichtsnutze? Eine Nacht, von der wir in ein paar Jahren unseren Enkeln erzählen? Schwere Zeiten, schwere Geschütze. Wollt ihr der Angst den Hals umdrehen, müsst ihr die innere Heizung abstellen. Einfach, effizient und gratis! Erst wird der Thermostat runtergedreht. Wir laufen im T-Shirt rum. Duschen kalt. Meditieren im eisigen Wind, stärken unsere Psyche und schöpfen aus unseren Ressourcen, um den Stress zu bändigen.«

»Danke, Fabrizio. Sehr nett, ich weiß das zu schätzen«, grummelt Théo verärgert und ernüchtert, »aber nach der Moralpredigt von den Bullen brauch ich nicht noch deine küchenpsychologischen Ratschläge. Danke für eure Hilfe. Ist schon gut, geht schlafen! Ich bleib mit Simon hier.«

Théo macht ein Fenster auf, füllt zwei Gläser mit Wasser, holt eine Dauerwurst aus dem Schrank, nimmt ein Holzbrett und ein Messer von der Theke. Sie sitzen einander gegenüber. Simon schneidet eifrig die Wurst in Scheiben.

»Willst du drüber reden?«, fragt Théo.

»Es war schrecklich! Mir geht's dreckiger als nach Maries Rauswurf ... Ich will Odette nicht verlieren ...«

Théo legt Simon eine Hand auf den Arm.

»Wenn ich um acht Uhr siebenunddreißig ankomme, hat Odette immer schon Wasser heiß gemacht. Auf der Arbeit fragt mich niemand sonst, wie es mir geht. Sie hört mir zu, ist nachsichtig, wenn es schwierig wird. Zwischen uns steht nichts, keine potenzielle Verführung. Bei ihr kann ich schwach sein. Am Anfang hat sie nichts von sich erzählt, und dann, nach und nach, hat sie darüber geredet, dass sie letztes Jahr ihren Mann verloren hat und wie wichtig Liebe im Leben ist.«

»Wie eine Mutter«, sagt Théo. »Komm, ich mach uns Lindenblütentee mit Zitrone und viel Honig. Da wird uns warm. Und wie geht es Odette jetzt?«

»Ich hab auf den Notarzt gewartet und bin dann mit

dem E-Roller ins Krankenhaus. Ich war mit ihr beim Röntgen. Gehirnerschütterung, zwei angeknackste Rippen, das eine Handgelenk sieht nicht gut aus. Keine Lebensgefahr. Wird ein paar Wochen dauern, bis sie wieder arbeiten kann. Wir sitzen in der Mittagspause oft draußen auf einer Bank. Neulich haben wir uns ein Sandwich geteilt. Sie hat mich wohlwollend und stolz angeschaut und mir gratuliert, dass ich Maries absurdem Ultimatum die Stirn geboten habe.«

»Wie geht's dir damit?«

»Ich bin total erschüttert.«

»Ich rede nicht von Odette, sondern von Marie.«

»Ach so, Marie … Eigentlich vermiss ich sie nicht.«

Mit dunklen Ringen von einer endlosen Nacht unter den Augen sitzen sie in der Küche, umklammern die heißen Tassen. Dieser Moment des gemeinsamen Schweigens bringt ihnen mehr als irgendeine von Fabrizios kalten Duschen. Sie werden ruhig, die Müdigkeit übermannt sie.

»Ab ins Bett!«

»Morgen gehe ich nicht zur Arbeit. Ich besuche Odette. Schlaf gut, Théo!«

Simon sitzt vor den Resten ihres improvisierten Mahls, sein Blick verliert sich in den Baguettekrümeln. Odette wird ihm in den nächsten Wochen fehlen. Als er noch im Büro übernachtete, hatte sie ihm, im Bewusstsein der unbequemen Lage, eine Thermoskanne und Croissants mitgebracht. Bei seinen Schwestern hat er sich nie geborgen gefühlt. Warum besuchen sie ihn nicht? Immer ist er es, der nach Rouen fährt. In dem ganzen Jahr, als er mit Marie zusammenlebte, haben sie ihn nicht ein Mal besucht, nicht ein Mal mit ihnen beiden gegessen. Odettes Interesse dagegen ist ganz natürlich. Ihre Freundlichkeit und der Draht, den sie sofort zueinander hatten, waren wie Balsam gegen den Mangel an Zärtlichkeit, unter dem er litt. Spaß haben und feiern reicht ihm nicht. Er fühlte sich wie der Verwahrer von zu schwerem Gepäck: Die Rolle des Mannes in der heutigen Gesellschaft »vernünftig« ausfüllen. Diese Mission, die er sich nicht ausgesucht hatte, löste bei ihm eine klitzekleine Schizophrenie aus. Odette ist ihm ans Herz gewachsen. Ihre Freundschaft bringt Wärme in seinen Alltag. Er wird an ihrer Seite sein. Gleich nach dem Aufstehen geht er in ihrer Wohnung vorbei und holt ihr, was sie braucht. Er kauft ihr ihre Lieblingsblumen und Pralinen, oder ein Stück Comté, sie liebt Käse. Der Gedanke tröstet ihn, und er beschließt, ins Bett zu gehen.

# 29

Nach dreitägiger Inventur hat Paul sich ins *Tapetenzimmer* geflüchtet. Er setzt sich auf den Boden, ein Heft auf den Knien, und betrachtet die drei säuberlich abgeschabten Wände. An der vierten gibt es noch eine Ecke mit Gänseblümchenmuster, roten und weißen Streifen und ganz zuunterst einer Schicht Schottenkaro.

In seinem Heft beginnt er eine andere Art der Inventur. Eine Inventur seiner Absichten. Mit einer hübschen Bluse kann er Marjolaine nicht zurückgewinnen … Paul macht eine Liste.

*Ich will sie nicht verlieren.*
*Ich entscheide mich für sie.*
*Bei allen anderen kann ich bluffen, aber nicht bei ihr.*
*Wenn ich nur eine behalten könnte, dann sie.*
*Ich liebe sie.*

Er reißt die Seite raus und zerfetzt sie. Er muss seine Schwächen in Angriff nehmen. Es ist unumgänglich, er muss in Ruhe über seine Beziehung zu Frauen nachdenken, darüber, was er im Leben wirklich will. Er muss dringend damit aufhören, sich ständig abzulenken, aus Angst, allein zu sein. *Allein.* Vor dem Wort fürchtet er sich. Jedes Mal, wenn Marjolaine ihre Mutter in Bordeaux besucht, macht ihn das völlig fertig. Schon ein Abend, den er allein zu Hause ist, bringt ihn aus der Fassung.

Ja, und? Marjolaine gibt ihm Sicherheit, und mit den Maschinchen kompensiert er seine innere Leere, oder was?

Ihm ist aufgefallen, dass Simon Odette eine Mutterrolle zuteilt, aber macht er selbst das mit Marjolaine nicht irgendwie auch so?

Er erinnert sich an eine von Fabrizios Tiraden: »Und nach dem Feuerwerk? Wenn du alle Böller verschossen hast, fällst du da nicht in ein Loch? Wer bist du, hinter all dem? Zieh mal deinen Zauberumhang aus, dein Scharlatanskostüm, damit du dich findest …«

Der Idiot hat recht.

Sie haben einen Brief gepostet an die Frauen, die den Männern abgeschworen haben. Wieder nur Pirouetten. Pirouettechen, Maschinchen, Plaisirchen, Feinsliebchen!

Marjolaine kämpft. Letzten Endes denkt er an sie, nicht an die anderen. Er hat riskiert, sie zu verlieren. Er will noch viel mehr riskieren, um sie zurückzugewinnen. Heute Abend wendet er sich nicht an alle Frauen, sondern nur an seine. Von sich zu sprechen, von dem Paul, der sich hinter dem Blümchenhemd versteckt, ist für ihn ein Wagnis.

Er zittert.

*Marjolaine, meine Liebste, mein Schatz,*

*Ich bin völlig entblößt, ich schreibe dir.*

*Ich suche nicht nach Ausreden, ich will versuchen, es zu erklären: die Wahrheit sagen, meine ureigene Wahrheit.*

*Man behauptet, alle Männer sind Lügner, unbeständig, falsch, geschwätzig, heuchlerisch, hochmütig und feige, verachtenswert und denken immer nur an Sex.*

*Wer ist dieser »man«, niemand hat ihn je gesehen.*

*Ich bin feige, unbeständig, ein Lügner, Betrüger, flatterhaft.*

*Ich erwarte nicht, dass du mir verzeihst, das verdiene ich nicht.*

*Ich will mich nicht rechtfertigen.*

*Deine Abwesenheit belastet mich, ich weiß jetzt, was wirkliche Einsamkeit ist.*

*Ja, ich habe dich verraten. Ja, ich habe dich betrogen.*

*Ich wollte die Leere in mir füllen.*

*Ich verstehe deine Wut.*

*Ich verstehe, dass du dich von mir abkehrst, aber wenn du nur noch einen einzigen Funken Liebe in dir hast, so will ich der Wind sein, der ihn anfacht und entflammt, nicht der, der ihn löscht.*

*Wir beide kennen unsere Stärken und Schwächen, alte Liebende, verbunden und zerrissen.*

*Ich stehe vor mir selbst.*

*Im Spiegel sehe ich einen nackten, einsamen Mann, einen, der dich schlecht geliebt hat, einen, der dich liebt.*

*Paul*

Er liest es sich noch einmal durch, klappt das Heft zu, geht in die Ecke, wo noch Tapete hängt, greift nach dem Spachtel und kratzt den letzten Rest ab.

# 30

Simon hat sich auf seine Art um den Adventskalender gekümmert, er hat die ganze Schokolade der dritten Adventswoche an einem Tag gegessen. Théo guckt ihm zu, den eingegipsten Knöchel auf einem Stuhl. Nach der Mountainbike-Tour und seiner nächtlichen Ausschweifung kam er nicht um einen erneuten Arztbesuch herum. Da er nicht richtig bei den Vorbereitungen helfen kann, begnügt er sich damit, das Schmücken der Linde zu beaufsichtigen, die sich in demokratischer Abstimmung gegen einen Nadelbaum durchgesetzt hat, und überwacht neue Posts auf Facebook.

Sie hatten zwischen einer sibirischen Tanne, die ihre Nadeln lange behält, einem Plastikbaum und einer Konstruktion aus Treibholz geschwankt, ehe sie sich für die Linde im Hof entschieden. Die Abstimmung, ob sie geschmückt werden soll, ging vier zu eins aus. Der Widerständler blieb anonym, es war auch nicht wichtig. Sie waren glücklich.

Théo wollte eine ausgefallene Weihnachtskrippe. Seine Mitbewohner hatten erst die Schultern gezuckt, aber als er nicht lockerließ und weil sie ihm eine Freude machen wollten, erbot Fabrizio sich, ein paar Gartenzwerge aus der Sammlung seiner Tante zu holen. Diese Krippe ist ganz und gar nicht traditionell-provenzalisch: Anstelle der Heiligen Drei Könige stehen dort Seppel, Happy und Pimpel, Brummbär und Hatschi stellen Ochse und Esel dar. Fabrizio meinte, Paul wäre ein prächtiges Jesuskind, wenn er sich in einem eng anliegenden Slip ins Stroh legen würde.

Passanten bleiben stehen und machen ihnen durchs Tor Komplimente. Einige ältere Damen tuscheln, wenn sie noch zwanzig wären, würden sie sich liebend gern anbieten, um das Zölibat so schmucker junger Männer zu beenden.

Beim Aussuchen der blinkenden Lichterkette, der zweifarbigen Kugeln und der Sterne haben sie wie die Kinder herumgealbert. Selbst Simon und Théo, für die das Fest eher *Hilfe, schon wieder Weihnachten!* bedeutet, ließen sich anstecken. Paul, Max und Fabrizio, die Glücklichen, versetzt Weihnachten zurück in die märchenhafte Stimmung der Bilderbücher ihrer Kindheit. Max erinnert sich an das fieberhafte Warten, daran, wie er die Geschenke musterte, sie in den Händen wog, um zu prüfen, ob sie den heiß ersehnten Technikbaukasten, die Eisenbahn oder das neueste japanische Videospiel enthielten. Fabrizio weiß noch, wie froh er nach der Christmette schlafen ging, das erstickende Duftgemisch aus Weihrauch und Talg in der Nase. In seiner Familie hielten während des Gottesdienstes alle eine Kerze in der Hand. Die Flammen warfen gespenstische Gestalten an die Wand. Um nichts in der Welt hätte er den Spaziergang auf dem bewachsenen Pfad vom Dorf zur Kirche verpasst. Paul wiederum denkt zurück an den Glühwein mit Zimt seiner Großmutter. Als Kind durfte er daran nippen. Im Laufe der Jahre brannte es nicht mehr so beim Schlucken, und das Nelkenaroma fuhr ihm nicht mehr in die Nase.

In Simons Familie wurde Weihnachten nicht gefeiert. Man schickte ihn stattdessen in die Berge ins Ferienlager. Dort oben: ein gemeinsamer Tannenbaum und ein paar Kleinigkeiten für die Kinder, die sich nach elterlicher Liebe sehnten. Bei jedem Wetter ging er in die obligatorische Skischule, und in den Winterferien im Februar sahnte er dann systematisch die Abzeichen ab. Théo vermeidet das Wühlen in der Vergangenheit. Letzten Dezember hat Françoise bereits mit *der anderen* geschlafen …

Paul steht auf der Leiter und befestigt glitzernden Weihnachtsschmuck. Von dort kann er direkt in Madame Gillous Wohnzimmer gucken. Alarm, Frankreich in Not! Sie schlüpft in Stiefel und Anorak. Sie werden wohl dran glauben müssen, in drei Minuten steht sie auf der Matte.

Max schaut zum Himmel und hofft auf Schneeflocken. Ihm ist, als könnte er Louises Lachen hören, wie jedes Mal, wenn ihr Balkon zugeschneit war. Vor vier Monaten ist sie abgedampft. Die Vorbereitungen laufen auf Hochtouren, er hat immer weniger Lust, die anderen zu enttäuschen.

Was könnte er als Ausrede erfinden? Aushilfskirchendiener in Épinal? Seine Unentschlossenheit wird langsam albern. Es ist sein Haus. Falls sie zurückkäme, müssten die Mieter logischerweise ausziehen. Das wird ihn lehren, es immer allen recht machen zu wollen. Wann denkt er auch mal an sich? Sein Magen verknotet sich.

Er hat sich entschieden. Er holt tief Luft und schlägt seinen Spießgesellen in wohlmeinendem Ton vor, den Abend des 24. mit ihren Familien zu verbringen. Ironie des Schicksals: Sie wollen ihn nicht allein lassen. Sie überschlagen sich nur so, sind einer Meinung. Die Festlichkeiten finden in der Schule statt, mit allen zusammen, denn hier fühlen sie sich endlich zu Hause.

Max könnte Louises Anruf erwähnen. Er sagt nichts.

In dem Moment kommt ihre Nachbarin in den Hof. Aufgeputzt wie ein Weihnachtsbaum, mit silbrigem Schal und Bommeln am Gürtel, bringt sie ihnen ein Geschenk. Mitgefangen, mitgehangen, sie müssen die Wichtelmützen aus billigem Filz aufsetzen, die Madame Gillou mit schelmischem Lächeln auspackt.

»Der reizende Paul ist vorhin auf die Linde geklettert und hat Sterne aufgehängt. Wer von Ihnen wäre so lieb, mir mein Leuchtrentier am Gesims festzumachen?«

Max schaut weg, das geht ihn nichts an. Gerade ist ihm eine Idee gekommen. Er schleicht sich davon, in sein Zimmer, durchwühlt einen Karton mit Schallplatten nach Titeln, die zu ihrer jeweiligen Persönlichkeit passen. Am Heiligabend raten sie dann, für wen welches Lied ist. Ihm bleiben noch zehn Tage, um seiner Überraschung den letzten Schliff zu geben – oder eine Lösung zu finden, wie er Weihnachten mit Louise verbringen kann.

Am 25. wird er seine Mutter besuchen. Paul will seine Kinder ins Restaurant einladen. Fabrizio bleibt in der Schule. Théo ist noch nicht so weit, seinen Brüdern zu gestehen, dass Françoise und er sich getrennt haben, und um sich nicht ihre Bemerkungen anhören zu müssen, bleibt er ebenfalls hier. Simon ist an dem Tag höchstwahrscheinlich im Krankenhaus. Er wird Odette eine Mini-Bûche bringen und den Weihnachtskuchen mit ihr essen. Odettes Familie springt nicht ins Flugzeug, um sie zu besuchen.

Er hört Gelächter, sieht aus dem Fenster, Madame Gillou geht nach Hause. Gartenzwerge, die Mützen ... Ja, sie sind große Kinder. Die Aufregung steigt. Alle fünf freuen sich auf ein Weihnachten, wie sie es schon lange nicht mehr erlebt haben.

Er setzt sich zu ihnen an den Ofen in der Bibliothek.

»Was wollen wir denn essen?«

»Wir könnten eins von Marjos Hühnern nehmen«, schlägt Max vor. »Die warten bei Madame Gillou auf uns. Brathuhn mit Reis?«

»Es sind nur noch vier«, erwidert Paul. »Ich hab den Tanga durch eine rosa Schleife ersetzt, auf der steht: *Mir liegt auch sehr viel an dir.*«

»Ach, echt? Versuchst du's wieder bei ihr?«

»Grad reden wir übers Menü, nicht über Marjolaine. Wollen wir nicht eine Pute bestellen?«

»Wollen wir's uns nicht einfach machen und einen Raclette-Ofen ausleihen?«

»Zum Teufel mit den Traditionen!«, ereifert sich Simon. »Wir essen Sushi!«

»Was meinst du, Max?«

»Was?«, stammelt der, den Blick ins Leere gerichtet.

»Zur Lichterkette am Treppengeländer!«

»Macht es, wie ihr denkt.«

Er kann sich kein richtiges Weihnachten ohne Louise vorstellen.

Pute oder Gans? Simon wird sich um die Austern kümmern, und Paul entscheidet, dass es Gans mit Kartoffeln geben wird, auch wenn Théo lieber Blutwurst isst. Im Laufe des Gesprächs wird Max munterer. Er möchte den 24. mit ihnen verbringen, egal, was es zu essen gibt.

Théos Handy piept. Simon erkennt den Ton.

»Ein Tinder-Match!«

»Nur dreißig Meter weg!«, ruft Théo.

Simon reicht ihm die Krücken.

»Wenigstens muss sie keine Angst haben, dass du dich gleich aus dem Staub machst.«

Théo humpelt unbeholfen über den Hof. Vor dem Tor steht eine hübsche Brünette.

»Wie Sie sehen, bin ich gerade nicht in Topform. Wollen wir uns nicht im neuen Jahr treffen?«

»Im neuen Jahr?«

Théo lächelt. Diese schöne Frau will nicht warten. Er weiß gar nicht, wie ihm geschieht. Ganz anders als *Love me tender,* wenn er ein Treffen mit Sandy verschieben müsste.

»Vielleicht lohnt sich das Warten ja?«

Er lebt auf, fühlt sich fast leicht, trotz Gips, Alter und der verdammten Traurigkeit. Dieses Fest symbolisiert Wiedergeburt. Die Sonne besiegt das Dunkel.

Die Krücken verlangsamen seine Schritte nicht. Als er die Haustür aufmacht, sieht er am Bibliotheksfenster vier rote Wichtelmützen, vier lachende Gesichter, vier Freunde.

# 31

24. Dezember. Der Countdown läuft. Preiselbeerduft aus der Küche. Sie haben sich Klebeband von Madame Gillou geliehen. Rascheln von Geschenkpapier in der Bibliothek. In den Zimmern warten frisch gebügelte Hemden darauf, angezogen zu werden. Das Ganze untermalt von Fabrizios Gospel-Playlist, die Simon rasch durch eine mit mehr Rap ersetzt.

Max sieht ständig auf die Uhr. Schon drei! Louise hat heute Mittag angerufen und Bescheid gesagt, dass sie um zwanzig Uhr mit Blinis, Lachs und einem Vacherin vorbeikommt. Ehe sie auflegte, hat sie ihm noch an den Kopf geworfen: »Ich hab jemanden kennengelernt.« Dann meinte sie leise: »Ich kann nicht einfach wegwischen, was uns verbindet.« Louise hat jemanden kennengelernt! Kann sie einen anderen küssen? So schnell?

Er trabt zwischen Hoftor und Schule hin und her, rückt einen Gartenzwerg gerade, geht in die Waschküche, kommt mit leeren Händen wieder heraus, fängt von vorne an. Er hat zu lange gewartet … Je mehr Tage verstrichen, desto komplizierter wurde sein Dilemma. Die Zeit vergeht, und die tickende Uhr birgt keine Lösung. Er hat einen Abend mit den Männern geplant, die gerade den Tisch mit dem Gien-Porzellan seiner Mutter decken. Als er Louise vorschlug, heute Abend herzukommen, hatte sie oberste Priorität. Er hat sich hinreißen lassen, hat vergessen, was schon ausgemacht war. Und jetzt? Der Gedanke, sie zu verlieren, macht ihm Angst, und zugleich liegt ihm daran, Heiligabend mit Paul, Théo, Simon und Fabrizio zu feiern. Wie werden sie reagieren? Es wäre ihnen zuzutrauen, dass sie die Festlichkeiten woandershin verlegen. Das könnte er noch weniger ertragen. Darf er sie enttäuschen? Darf er Louise enttäuschen? Sich enttäuschen? Das Leben ist gespickt mit Dilemmas. Wenn er seinen Kumpels den Vorzug gibt, wie soll er das vor Louise rechtfertigen? Und wie soll er sich noch auskennen, wenn sie ihm im selben Atemzug verkündet, dass sie jemand Neuen hat und an ihrer Beziehung festhalten will?

Nach einer weiteren Runde zwischen Haus und Hof ist er auch nicht schlauer als zuvor. Er umrundet die Linde in immer größer werdenden Kreisen. Er hat sich verrannt, total verrannt. Stets hat er seine Verletzlichkeit vor ihr versteckt, hat verborgen, wie sehr er durch sie lebt, wie sehr er sie braucht, wie die Luft zum Atmen. Als sie ihn verließ, hat sie ihm die Möglichkeit gegeben durchzuatmen, allein, damit er umso besser und tiefer mit ihr atmen kann.

Es tut ihm so leid, dass er nicht begriffen hat, wie ihr die Luft ausging. Die Bauarbeiten sind so gut wie abgeschlossen. Sie könnten ihr ursprüngliches Vorhaben wieder aufnehmen. Ist es immer noch ihr gemeinsames

Projekt? War es das überhaupt je? Das hier war *sein* Traum, so viel hat er inzwischen verstanden. Was soll er von ihrer idealen Beziehung halten? Ideal in den Augen der anderen.

Heute sind davon nur noch Gästezimmer ohne Gäste übrig, und eine besorgniserregende Distanz zwischen ihnen. Zwei Jahre emotionale Abwesenheit und zu viel Schweigen auf beiden Seiten, mehr brauchte es nicht, damit der Zug entgleiste.

Die Gefühle für Louise, aus Faszination geboren, hatten nach und nach nur noch seine innere Leere überdeckt. Er hatte sich an sie geklammert. Ein neues Ziel und seine Weggefährten haben seinem Leben wieder Sinn gegeben. Er fühlt sich nicht mehr so leer.

Paul beobachtet Max vom Fenster aus. Väterlich, herzlich, vielleicht der Verletzlichste von ihnen allen. Trotz Louises Flucht ist er nicht zusammengebrochen. Er hat weiter renoviert und unterrichtet. Seit Monaten lässt er sie hier wohnen. Er wirkt stark und unverwüstlich. Paul weiß, wie sensibel er ist. Er geht hinunter und läuft zunächst schweigend neben ihm her.

»Wie geht's dir, kleiner Wolf? Du ziehst deine Kreise im Hof. Denkst du über Louise und dich nach?«

»Ich sehe unsere Beziehung und die Trennung jetzt mit ganz anderen Augen. Weißt du, ich dachte, sie liebt mich nicht mehr. Inzwischen weiß ich nicht mehr, was ich denken soll.«

»Deine einzige Liebe! Du bist mit ihr zusammen, seit du zehn warst. Du hast mir gegenüber immer beteuert, dass einst sie und keine andere dir die Augen schließen wird. Ewige, endlose Liebe. Was ist auf einmal los, Max?«

»Dass sie auf Abstand gegangen ist, hat mir geholfen. Ich hab mich auf meinen Lorbeeren ausgeruht. Hab mich nicht mehr angestrengt, außer, wenn es um Gips und Ziegel ging. Ich bin schon lange vor ihr gegangen. Tut gut, dass ich das jetzt erkenne. Ich fühle mich lebendig, involviert, aktiv. Ihr habt mir so viel gegeben.«

Paul nickt. Dank seines Freundes war der Alltag hier für ihn ebenfalls förderlich. Zunächst nur eine Notlösung für eine Nacht und dann etwas so viel Besseres! Nun ist er bereit, sich ganz auf Marjolaine einzulassen. Eine ideale Gelegenheit, Max davon zu erzählen.

»Ich zieh bald aus, Max. Ich wollte es dir eigentlich schon früher sagen. Ich habe Marjolaine geschrieben, sie hat sich gemeldet. Seitdem haben wir viel geredet, und wir haben beschlossen, das Abenteuer fortzusetzen.«

»Im Ernst?«

»Ich wollte ihr vorschlagen, dass wir umziehen. Ein bisschen frischer Wind.«

»Du bist sicher, dass das die richtige Entscheidung ist?«

»Andere hätten sich, ohne nachzudenken, sofort in was Neues gestürzt, um der Einsamkeit zu entfliehen. Dank unserer Fünfer-WG hier die letzten Monate haben Marjolaine und ich uns wiedergefunden.«

Plötzlich sieht Max Louise am Tor stehen, eingemummelt in ihren langen dunkelgrauen Wintermantel, der ihren Teint zur Geltung bringt. Dabei ist es erst vier. Paul verschwindet unauffällig.

Louise bemerkt das aufgeregte Treiben im Haus und ahnt, dass ein Fest vorbereitet wird.

Sie setzen sich auf die Bank. Er sucht nach Worten, um ihr Treffen auf morgen zu verschieben. Ob sie das mitmacht? Sie lässt ihm keine Zeit für Erklärungen.

»Ich war gerade im Feinkostladen. Ich bringe nur die Blinis und den Lachs vorbei. Das hier hatte ich nicht erwartet. Ist das für heute Abend? Warum hast du mich ausgerechnet heute eingeladen? Ich dachte, wir sind zu zweit.«

»Du bist am 23. zurückgekommen, und ich war so froh, dass ich einfach, ohne nachzudenken, den nächstmöglichen Termin vorgeschlagen habe. Da hatte ich ihnen schon angeboten, Weihnachten hier zu feiern. Ich kann sie nicht in letzter Minute hängen lassen. Es ist weder deine noch ihre Schuld. Ich hätte den Mut haben sollen, dir Bescheid zu sagen.«

»Ich will uns gerne eine zweite Chance geben, Max. Mir ist klar geworden, dass dieses Haus, die Gästezimmer, uns auseinanderbringen. Siebzig Prozent der Leute, die so ein Projekt starten, enden vor dem Scheidungsrichter.«

»Du hast mich ersetzt. Mir hat das Alleinsein geholfen. Ich habe mich ganz anders entfaltet. Ich habe mich viel intensiver reingehängt als geplant, und das Projekt hat sich weiterentwickelt.«

Sein Blick bleibt am Putz der Fassade hängen. Er blättert ab, das muss gemacht werden.

Max lässt Louise noch ein Türchen offen, trotzdem muss er durchatmen, nachdenken, sich verwirklichen. Louise nestelt ungeschickt an ihrem Haarknoten, wie so oft, wenn sie nervös ist.

»Ich war immer nur mit dir zusammen. Ich wollte es noch mal wissen. Ich musste was anderes ausprobieren. Er wird dich nie ersetzen können, aber das mit uns war schwierig geworden.«

»Liebst du mich noch?«

»Du lässt mich fallen. All die gemeinsamen Jahre, und trotzdem lebst du lieber mit vier Kerlen.«

»Das Gleichgewicht, das ich mit ihnen gefunden habe, das ist mein neues Ich.«

»Du und ich, dazu gehört die Schule nicht, und noch weniger diese Leute, die du bis vor Kurzem nicht mal gekannt hast.«

Sie hat plötzlich das Gefühl zu ersticken. Mit einem Ruck zieht sie den Mantel aus, kämpft mit den Ärmeln. Ein Arm bleibt drin hängen. Sie zappelt, zerrt heftiger und schmeißt den Mantel auf den Boden.

»Wollen wir nicht morgen zusammen mittagessen?«, fragt Max leise.

»Zu spät!«

»Ist das ein Ultimatum?«

»Kannst du sehen, wie du willst.«

»Louise, die Dinge haben sich geändert.«

Er knibbelt an den Maschen seines Pullovers.

»Ich will nicht, dass alles wieder so wird wie vorher.«

»Dann ist es also aus?«, fragt sie. »Du hast nicht versucht, mich zurückzugewinnen, wolltest mich nicht mal zurückhalten. Du hast nicht um mich gekämpft.«

Er gibt keine Antwort. Sie steht auf, schnappt sich den Mantel, geht über den Hof, lässt Max einfach sitzen.

Als sie durchs Tor geht, dreht sie sich noch mal um und lächelt ihm traurig zu.

Traditionelle Musik schallt aus dem Haus. Die Linde steht majestätisch im Hof, und Max fühlt sich genauso verwurzelt wie der Baum. Er schindet noch ein bisschen Zeit, ehe er zu den anderen reinmuss, feiern. Traurig und glücklich zugleich. Komisches Gefühl. Traurig und erleichtert. Mit sich selbst im Reinen.

»Louise, warte!«

Er rennt die Straße entlang, holt sie ein, drückt sie an sich.

»Ich liebe dich, ich will dich behalten, ich will dich morgen sehen, ich entscheide mich für dich und für die Jungs …«

Sie küsst ihn. Sie sehen sich an, und er weiß, dass sie es begriffen hat. Er ist nicht mehr der kleine Junge, der das kleine Mädchen erwählt. Er ist ein Mann, der sich für seine Frau entscheidet.

Sekundenlang sieht Max die Szenen der letzten Monate vor sich, Louise geht, die leere Baustelle, die übervölkerte Schule, das Männergetto, das ein Modell wurde, die Verzweiflung, in der sie versanken, ein Gefängnis ihrer Leiden, Türen, die sich öffneten.

»Ich entscheide mich auch für dich. Darüber reden wir morgen. Frohe Weihnachten!«

Ein echtes Lächeln.

# 32

Sie alle hatten sich viele Geschenke erhofft. Simon hatte vorgeschlagen, sie unter ein gemeinsames Thema zu stellen. Nach zahlreichen Diskussionen waren sie übereingekommen, der Kreislaufwirtschaft zuliebe nur Gebrauchtes zu verschenken. Komme, was da wolle!

Sie wissen nicht, ob sie noch mal alle zusammen einen Abend in der Schule verbringen werden. Jeder schenkt den anderen das Beste, was er zu bieten hat. Voller Vorfreude hatten sie die Geschenke unter ihren Betten versteckt, manche in Max' alte Straßenkarten eingepackt.

Der Tisch ist mit besonderer Sorgfalt gedeckt. Unter den Kristallgläsern liegen, passend zum Service von Max' Mutter, Fotos unvergesslicher Augenblicke. Auf einem ist Théo auf dem Sofa eingeschlafen, während Max mit Händen und Füßen eine flammende Rede hält. Auf einem anderen sieht man Fabrizio im Schlamm neben seinem Mountainbike. Ein drittes zeigt Paul und Simon, wie sie herzhaft in einen Liebesapfel beißen. Die Flammen Dutzender, ganz unterschiedlicher Kerzen tanzen im Raum und funkeln wie winzige, schwebende Lichtpunkte. »Vollkommenheit liegt im Detail«, hatte Paul erklärt.

Sie haben schon mehrmals angestoßen, als sie sich an den Tisch setzen. Simon hat zum Aperitif eine Schachtel essbarer Insekten hervorgezaubert: gegrillte Zikaden mit Minze und Heuschrecken griechischer Art. Man kann sich genauso gut jetzt schon dran gewöhnen, nicht erst, wenn es keine Wurst mehr gibt. Die Gans ist nicht richtig durch. Paul schlägt vor, das rosa gebratene Fleisch abzuschneiden und das Tier über der Glut des Holzofens fertig zu rösten. Fabrizio verbrennt sich den Daumen, als er die Gans auf dem behelfsmäßigen Spieß umdrehen will. Sie reden. Sie johlen. Sie fluchen. Sie brüllen vor Lachen. Die über dem Holzfeuer gegrillte Gans schmeckt hervorragend. Daran werden sie sich erinnern.

Simon will jetzt Geschenke. Max bekommt einen biologisch abbaubaren Notizblock aus gefiltertem Elefantendung, der in eine hochwertige Papiermasse umgewandelt wurde, Paul ein *Zero-Waste*-Rasierset, haut-, gesundheits- und umweltfreundlich, sowie einen veganen Bartkamm aus Kaktusfasern. Théo packt einen für ihn völlig nutzlosen Eimer aus Kautschuk aus. Er guckt Fabrizio an.

»Kein bisschen nachhaltig! Ich hab dir was total Tolles geschenkt!«

Der trägt ein neues T-Shirt mit der Aufschrift *Die Männer kaputt, die Frauen frei, da sind wir nicht mehr mit dabei!* und bewundert das Geschirrtuch aus Biobaumwolle.

Als die Bûche mit Passionsfrucht aufgetragen wird, entschließt sich Paul, bereits etwas angeheitert, die Lage der Dinge anzusprechen.

»Was wird aus unseren Zimmern, kleiner Wolf, wenn wir in See gestochen sind?«

Alle halten den Atem an, dann versetzt Simon lachend: »Da ziehen die Frauen aus dem Haus ohne Männer hier ein!«

Max steht auf und klopft mit der Gabel gegen sein Glas. Rührung überkommt ihn, als er die ihm zugewandten Gesichter im Schein der vielen Kerzen sieht.

»Ich habe eine ganz neue Erfahrung gemacht. Eine Zeit ohne Frau. Wir haben uns gestritten, das hat uns weitergebracht, und unsere Freundschaft hat uns verändert. Ich sehe einer neuen Zukunft entgegen. Es ist beschlossene Sache, ich werde neue Leute aufnehmen, sie sollen das bekommen, was ich von euch bekommen habe. Ich vermiete weiterhin Gästezimmer, aber für verlassene Männer und Frauen. Das *Tapetenzimmer* ist fertig. In Zukunft wird es ein Ort zum Nachdenken und für Schreibwerkstätten sein. Dort kann man Trennungsbriefe, Trostbriefe und Versöhnungsbriefe schreiben. Ich möchte den Leuten eine Pause in einer schnellen Welt anbieten. Ein Stück weitergehen, Diskussionen Raum geben, überkommene Vorstellungen durchrütteln. Eine Art Haltestelle für gebeutelte Herzen. Eine Zuflucht.«

Schon allein bei der Ankündigung kriegt er Gänsehaut.

»Dass Louise gegangen ist, hat dazu beigetragen, dass ich klarer sehe, was ich will. Heute Abend ist sie nicht hier, aber ab morgen wird sie wieder da sein.«

»Dem Strom an Zuschriften nach, die ich immer noch auf meine Annonce kriege, kannst du dich auf lange Wartelisten einstellen«, murmelt Fabrizio gerührt.

»Und ihr, was habt ihr jetzt vor?«, fragt Max.

»Apropos in See stechen«, sagt Paul, »in ein paar Tagen ziehe ich wieder zu Marjolaine. Du wirst dir jemand anderen suchen müssen, der dir den Rücken eincremt, Fabrizio!«

»Ach Gott, wie rührend! Holt die Geigen raus«, brummt Simon.

»Ich helfe ein paar jungen Leuten, ein Start-up aufzubauen«, verkündet Théo.

Simon weiß, dass er um eine Etappe des Alleinseins nicht herumkommt, aber er weigert sich, wieder im Büro zu nächtigen. Er sucht sich eine Wohnung, und sobald er was gefunden hat, ist er weg. In der Zwischenzeit kümmert er sich um Odette. Ihr Unfall hat ihn zurück auf den Boden geholt. Was er bei ihr empfindet, eröffnet ihm eine andere Art von Gefühlen, menschlicher, echter. Er schaut die anderen an.

»Bei Max habe ich gelernt, was lieben heißt. Vorher hab ich mich treiben lassen wie ein Korken, hab mich tragen lassen, bin von Hand zu Hand gegangen. Jetzt will ich Wurzeln schlagen. Ich bin bereit, die Liebe zu wagen.«

Fabrizio hat beschlossen, dass er nicht mehr bloß eine Marionette in den Händen einer Frau sein will. Falls Max Hilfe braucht, kann er Workshops geben oder bei Reparaturen helfen.

Max ist tief gerührt und dankt ihnen für ihre Ehrlichkeit.

»Ihr seid genau richtig gekommen …«

Ihm kommen die Tränen, er kann nicht weitersprechen vor Rührung. Beziehungen … ständig gibt es Überraschungen! Erschütterungen, Verletzungen und Schläge haben sie fertiggemacht, aber auch wachsen lassen. Durch Trennungen und Kummer findet man zu sich selbst. Die Zukunft macht ihm keine Angst. Er hat etwas anderes auf dem Herzen. Was bleibt dann noch von ihrer Gemeinschaft?

Die Flammen tanzen mit den Schatten der Gläser auf dem Tischtuch.

Théo bricht das Schweigen.

»Wir könnten uns regelmäßig treffen, alle fünf.«

Max nickt.

»Am 6. Januar mache ich einen Tag der offenen Tür für Männer und Frauen.«

»Dann essen wir Dreikönigskuchen!«

»Ich würde gern die Zimmer umtaufen. Habt ihr Ideen?«

»...«

»Und wenn jeder seines umtauft?«

Sie stehen alle gleichzeitig auf. Paul nimmt Max fest in den Arm. Simon und Théo kommen dazu und umarmen beide. Fabrizio umschlingt alle fünf. Sie bilden ein dickes, kompaktes, harmonisches Knäuel. Wenn das so weitergeht, flennen sie gleich. Was soll's, flennen sie halt. Umso besser, wenn sie flennen.

## Zitatnachweise

S. 7
Claudie Gallay, *Die Liebe ist eine Insel*, aus dem Französischen von Michael Killisch-Horn, btb München 2013, S. 70.

S. 83
»Tout oublier«, vom Album *Brol*, Angèle, 2018, Übersetzung des Liedauszugs: Pauline Kurbasik

S. 89f.
Gedicht aus Nâzım Hikmet: *Nostalgie*, Éditions Fata Morgana, 1989, Übersetzung von Pauline Kurbasik.

S. 117f.
Léon Abensour: *Histoire générale du féminisme des origines à nos jours*, Paris 1921, Textauszug aus dem Französischen übersetzt von Pauline Kurbasik.

S. 142
*Unmöglich, sagt der Stolz.*
*Riskant, sagt die Erfahrung.*

*Sinnlos, sagt die Vernunft.*
*Versuchen wir's, flüstert das Herz.*
Spruch von William Arthur Ward, aus dem Französischen von Pauline Kurbasik.

S. 182
*Sack: Mann, Mensch. Salopp abwertend. Redensart: Jemandem auf den Sack gehen. Derb für: Jemandem lästig fallen*
Inspiriert von: https://archiv.duden.de/node/665472/revisions/665477/view (Stand 25.02.2021)